la joie ineffable du miracle, regarder le ciel et le remercier sans cesse; je la vois errer autour de moi comme une légère et fuyante vapeur. «Mon Dieu! s'écrie-t-elle, tu n'envoies pas les maux, mais tu les dissipes!» Le parquet crie sous ses pieds. Ce léger bruit se meut encore dans mon imagination.» —

Une autre marge contenait ces lignes : « La promenade au lever du jour ranime la vie; le sang calmé par le sommeil, est vite rafraîchi par la vivacité de l'air pur du matin. Cette fois la course m'a donné un bien-être inconnu. Son souvenir me reste aussi présent qu'un songe

LES DERNIÈRES AVENTURES

DU

JEUNE D'OLBAN;

FRAGMENT

DES AMOURS ALSACIENNES.

M. DCC. LXXVII.

A MONSIEUR LENZ.

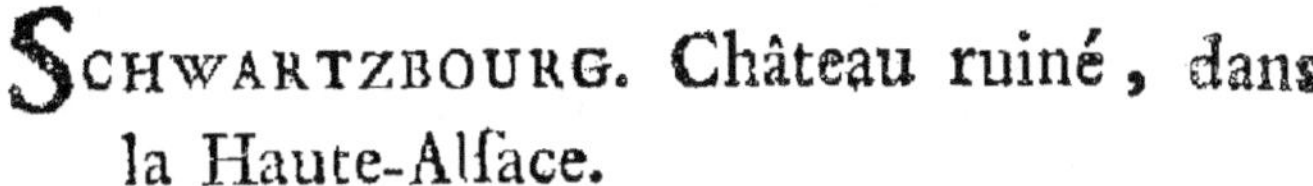

SCHWARTZBOURG. Château ruiné, dans
la Haute-Alsace.

KAISERSBERG. Petite ville d'Alsace, à trois
lieues de Colmar, dans une belle vallée.
Elle n'est maintenant qu'un gros Bourg.
L'Empereur Fréderic Barberousse y fit
bâtir un château fort, qu'il habita souvent, & dont on voit encore les ruines.

LA VILLE NEUVE DE SAINT LOUIS, trivia-
lement LA VILLE DE PAILLE. Petite
ville d'Alsace, au bord du Rhin, vis-à-vis
le Vieux-Brisach, & près du lieu où l'on
a bâti depuis le Neuf-Brisach. Elle a été
détruite vers l'an 1716. La cour souve-
raine y fut transférée d'Ensisheim en
1681, & delà à Colmar en 1694.

LE BANC DE LA ROCHE. Canton des montagnes, à quatre lieues de Colmar, près
du val d'Orbé, & au pied de Honak.

A 3

HONAK. Château ruiné, sur une pointe de
rocher extrêmement élevée, près des car-
rières de même nom. Il fut bâti vers
1007 par un comte d'Egisheim : au moins
ce sentiment paraît le plus vraisemblable.
Il domine toute l'Alsace, & tous ses environs sont couverts de forêts de sapin.

PRÉFACE.

Voici les erreurs, les infortunes des cœurs sen-
sibles: lis âme froide, & condamne!

LE CHANT

D E

SCHWARTZBOURG.

SEMBLABLE au fonge affreux d'une nuit agitée,
　　Paffe devant mon âme épouvantée
　　　Le fouvenir de mes amours.
Quel génie entre nous d'un flambeau funéraire
　　　A fecoué la funefte lumière ?
Ce n'eft qu'en treffaillant du ferment téméraire,
Que nos cœurs ont juré de s'adorer toujours.
　　　Aux pieds de mon amante,
　　　Des plaifirs obfcurcis d'effroi ;
A l'heure du triomphe, une fombre épouvante ;
Tout répétait en vain à ma flamme imprudente,
　　　Que la tempête était fur moi.
　　　Le nuage de mort s'avance,
　　L'obfcurité s'accumule en filence ;

Ifore échappe . . . & le bonheur me fuit . . .
J'étends encor les bras . . . Hélas! vaine efpérance!
Je refte feul dans l'horreur de la nuit. . . .
A la clarté fanglante,
Au feu rougeâtre des éclairs ,
Je vois ma chère Ifore . . . & la vois gémiffante ,
Me tendre en vain des bras que l'on chargeait de fers. . . .
Le défefpoir a tonné dans mon âme.

J'ai fui le regard des humains ;
J'ai cherché les déferts lointains ,
Où l'abfence éteindra ma flame :
Sur le fommet inhabité
Des montagnes chenues ,
Je m'affeois dans l'obfcurité
De ces ruines inconnues ,
Afyle obfcur & déferté ,
Où s'arrête l'oifeau des nues.
Au midi d'un beau jour , quelquefois le chaffeur ,
Errant loin du refte du monde ,
Entend le chant de la douleur ,
Avec le torrent deftructeur,
Defcendre en murmurant dans la plaine profonde.
Il écoute ; il foupire ; il s'arrête , attrifté ,

Au milieu de fa courfe errante :

Et du foir l'étoile brillante

Le retrouve encore arrêté.

Chère Ifore ! . . . En vain je l'appelle . . .

Dans quel vallon foupire-t-elle,

Semblable au Zéphir du printems ?

Loin de moi . . . Dieux ! peut-être criminelle,

Ifore abjure fes fermens . . .

Peut-être un autre à la perfide

Arrache cet aveu timide,

Que mon cœur infenfé défira fi long-tems. . . .

Si tu l'ofais ! . . Frémis, coupable amante . . .

Dans ton âme inconftante

L'orage tonnerra ;

A côté de ta couche

Mon ombre terrible & farrouche

En filence fe dreffera ;

Si d'un amant la tendreffe imprudente

Te diftrayait jamais de ton effroi . . .

Tremble . . . Je léverai ma tête menaçante . .

Il reculera d'épouvante ;

Gare, mon regard eft fur toi !

Ils font donc écoulés, les beaux jours de ma vie !

Les jours paffent, les jours de la mélancolie,
    Et leur voix m'appelle après eux.
      Fleur folitaire & defféchée,
        Sur fa tiche penchée,
Mon fein ne reçoit plus l'influence des cieux.
Je me crains ; je me fuis ; dans l'antre le plus fombre
    Je cherche en vain la folitude, & l'ombre,
      Et l'oubli de tout l'univers, . .
        Où fuir fon cœur & fon amante ? . . .
Dans ce cœur ulcéré fe lève plus touchante,
L'image qui me fuit jufqu'au fonds des déferts.
      Là, fur cette tour folitaire,
        Où du ciel l'oifeau fanguinaire
Aux oifeaux de la plaine annonce le trépas ;
Sur ces murs, où fouvent fa ferre meurtrière
    En traits de fang a tracé fes combats ;
      Dans des jours plus tranquiles
J'ai gravé quelquefois un nom que j'adorais :
Lorfque la nuit s'étend fur ces triftes afyles,
    J'y vais encor exhàler mes regrets.

      J'ai vu dans cette folitude
        Les triftes mânes des tombeaux
        Sortir avec inquiétude

Des ruines de leurs châteaux :
Semblables au brouillard de la vallée obscure,
    Ils erraient sur l'humble gazon ;
    Ils écoutaient du haut du mont
    Ce noir torrent, dont le murmure
Frémissait autrefois autour de leur donjon ;
    Ils considéraient en silence
    Les monumens de leur puissance
    Accablés sous l'effort des ans ;
    Et cette plaine immense,
    Qu'ils commandaient en dieux tonnans,
    Méprisant la vile indolence
    Et l'orgueuil de leurs descendans.
    J'ai vu le corbeau séculaire,
  Reconnaissant le héros sanguinaire
    Qui le guidait dans les combats,
Agiter pesamment son aîle funéraire,
    Et gémir le chant du trépas.
    Il s'est posé sur cette pierre antique
Où ma main a fixé l'emblême de nos cœurs.
  Là souvent d'un guerrier, l'ombre mélancolique
    Portait des yeux baignés de pleurs :
Il errait en silence autour du nom d'Isore...

Et fuit en foupirant, comme le vent léger
　　　　Au retour de l'aurore.
A fon cœur mon amour n'était pas étranger...
　　　　Ombre funèbre! ombre éternelle!
　　　　Dans la nuit du trépas
　　　　Tous les jours ton regard m'appelle.
Vers cet abyme affreux j'avance pas-à-pas...
　　　　Je vais tomber fur la terre fanglante....
Ainfi tombe immolé le fapin de nos monts:
Il élevait aux cieux fa tête confiante;
　　　　Mais à fes pieds logeaient les bucherons.
　　　　Depuis long-tems une hâche tranchante
Ebranlait fon appui de fes coups foutenus...
　　　　Il eft venu, le jour de la détreffe,
Où fous les derniers coups du tranchant qui le bleffe
On entendra frémir fes branchages émus.
　　　　L'homme jette un cri d'allégreffe...
　　　　L'arbre ne réfiftera plus.

LES DERNIÈRES
AVENTURES
DU
JEUNE D'OLBAN.

PREMIÈRE JOURNÉE.

KAISERSBERG.
MAISON DE MONSIEUR BIRK.

LALI, *dans la salle, assise devant un claveßin éclairé de deux lumières, prenant leçon de l'organiste* SOLFA. *Soirée d'automne fort avancée, en* 1695.

LALI.

MON Dieu ! le capitaine ne revient point.

SOLFA.

Il ne peut tarder. — Répétez, répétez ce paßage là . . . sentez vous bien tout ce qu'il exprime ?

LALI. (*Soupirant.*)

Il est triste.

SOLFA.

N'est-il que cela ? — (*il le joue*) quels tons...
quelle harmonie ! ... cette suspension, cette incertitude, qui demande un repos ... qui l'attend...
le promet. — Ne sentez vous pas dans le cœur une
inquiétude, une tristesse mêlée d'espérance, d'un
rayon de consolation ? — (*il rejoue le passage*)
voilà la chute, la finale, qui satisfait à tout.

LALI. (*Souriant.*)

Que de choses vous trouvez dans quelques notes !

SOLFA.

Eh ! que n'y trouve-t-on pas ? — continuez,
mademoiselle, continuez — il n'y a pas un son
qui ne trouve, qui ne réveille un accord simpa-
thique dans quelqu'un de nos nerfs. La musique
émeut, nourrit l'âme, lui donne de nouvelles
idées, rappelle, étend les anciennes ... un bon
musicien, un vrai musicien — & ce n'est pas celui qui ne fait que suivre machinalement les notes
sans en comprendre le sens — &c.! faites donc
ce dièze ! ... ne sentez vous pas qu'il tend l'âme,
& la prépare à l'émotion de ce qui suit ? — Un

bon

bon muſicien, un vrai muſicien doit être l'homme le plus ſenſible, le plus d'accord avec lui - même & avec les autres, le plus compatiſſant . . . en un mot, le plus vertueux. — Attendez ſeulement, attendez que je vous découvre la magie ſecrette de l'harmonie : chaque accord vous amènera de nouvelles ſenſations ; chaque degré de ſenſibilité augmentera votre amour pour l'ordre général; . . . ah ! un beau morceau de muſique, bien compris, bien ſenti, eſt le meilleur traité de morale — la muſique change, adoucit les mœurs, étend l'eſprit, l'élève à la connaiſſance de la grande harmonie de la nature & de l'influence de ſon auteur. Un excellent muſicien doit donc être non ſeulement le plus honnête homme, mais encore le plus religieux. — Vous avez fini ? . . . eh bien, que dites vous de cet air ? . . .

LALI.

Il me touche, il me plait.

SOLFA.

Vraiment je le crois . . . vous êtes jeune, vous êtes femme . . . le cœur, le cœur ! ne perd jamais ſes droits — ah ! vivent les femmes, pour bien ſentir l'expreſſion d'un morceau de muſique ! tout ce qui tient à la ſenſibilité leur appartient — on

B

parle aux hommes . . . il faut chanter aux dames. —
Mademoiselle , j'ai fait mon tour de France avant
de venir m'enterrer dans cettre pauvre petite ville;
j'ai vû votre patrie , où l'on fe fouvient encore des
chanfons des Troubadours & de celles de Pétrar-
que ; ils célébraient leur maîtreffes , & la mufique
était l'âme de leurs ouvrages — O vénérable anti-
quité ! on n'eftime plus de même aujourd'hui cet
art fublime : un muficien n'eft plus qu'un artifte
mercenaire ; un poëte, qu'un maniaque méprifé. —
O moi, moi, je tombais à genoux fur le tombeau
de mes maîtres, & me rappellais avec tranfport les
fiècles qui les ont honorés. — O mademoifelle!
tenez , votre pays eft un féjour enchanté : tout y
refpire encore ce bon vieux tems romanefque, où
l'amour, les arts , & le héroïfme fe couronnaient
l'un l'autre. — Avez vous vu le tombeau de Pé-
trarque , celui de la belle Maguelone ? —

L A L Y.

J'ai quitté au berceau ma patrie. Hélas ! du fonds
du Languedoc mes parens ont fui en Angleterre,
où la tolérance leur offrait un azile. Je n'ai connu
que Briftol pour patrie ; c'eft-là que le généreux
capitaine m'a trouvée orpheline, & m'a adoptée.

SOLFA.

N'importe : le sang de votre pays est dans vos veines ! — Je ferai de vous une excellente écolière. — (*Il lui dit à l'oreille, comme un secret, mais en parlant haut.*) Ayez un amant, & je réponds de vos progrès.

LALI. (*A demi voix & soupirant.*)
Un amant !

SOLFA. (*A part.*)
O Dieu ! fais une catholique de cette aimable enfant !

BIRK. (*Entrant avec SINVAL.*)
Parbleu ! je vous l'amène.

LALI. (*Sautant du clavessin.*)
Ah ! Sinval ! vous êtes resté bien longtems dehors aujourd'hui. Il y a deux heures qu'il fait nuit.

BIRK.

Quel diable de promeneur êtes vous donc ? j'aime assez que l'on agisse — mais parbleu ! courir tous les jours à deux lieues dans les montagnes & les forêts, pour revenir fatigué, harassé, mouillé; & aujourd'hui, où diable as tu été ? — Jeune homme ! prens soin de ta santé & de ta fortune — eh bien ! te voilà rêveur, triste . . . . Morbleu ! point de ces niaiseries-là, tu fais l'enfant ! . . . il

B 4

faut agir, oui ; mais il faut avoir un but. Si tu aimes tant à courir — fais ce que j'ai fait. — Pardieu ! le monde est grand ... cours la mer, va aux Indes.

LALI.

Aux Indes ? voudriez vous aller si loin de nous ?

BIRK.

Là tu apprendras à te moquer de tout. Ah ! — Vive la mer pour former un jeune homme !

'SOLFA.

Monsieur Sinval n'est pas musicien

SINVAL.

Je l'ai été, mais j'ai tout oublié.

LALI.

Sinval ! vous êtes mouillé ... Si vous chan-giez ? .....

SINVAL.

C'est inutile ...

BIRK.

Le diable fait ce qu'il lui faut. Il ne se soucie de rien, ni de lui, ni des autres — l'ingrat ! ne par-lait-il pas de nous quitter ?

LALI.

Nous quitter !

SINVAL.

Je vous gêne ...

BIRK.

Et si tu me gênais, sacrebleu ! ne saurais-je pas
te le dire ? --- je ne sais qui tu es ... Si fait : je
sais que tu es un brave garçon ... un garçon d'honneur ... & sans ta mélancolie ! ... je te la ferai
passer. --- Je bénis le ciel qui m'a fait te rencontrer
dans ce village, & m'a donné une maison à partager avec toi. J'avais une fille --- (*il montre Lali*)
il me fallait un fils ... je l'ai trouvé, si tu es homme.

SINVAL.

Je ne suis rien, plus rien au monde.

LALI. (*Avec passion.*)

Rien !

BIRK.

Rien ! ... & à quoi tient-il, si ce n'est à ta
maudite imagination qui te distrait du réel ? ...
allons, ami, reste avec nous. --- Tu n'as pas d'é-
tat ... en voilà un. Ici tu trouveras le repos, la li-
berté, l'amitié ... eh fou que tu es ! que te faut-il
encore ? --- n'en parlons plus ; tout est-dit : tu
resteras avec nous, ou le diable t'enlèvera. --- (*à
Solfa.*) Eh bien, la petite fait des progrès ? ...
J'aime cette enfant-là, monsieur Solfa, tous vos
soins, je vous en prie ; ... (*d'une voix terrible, en
le secouant.*) je vous en prie ! mais surtout, point

d'airs langoureux comme l'autre fois ; elle eft déja morbleu aſſez trifte , monfieur Solfa ; & ne lui racontez pas toujours de vos hiftoires de la bibliothèque bleue --- ah ! j'ai foif , moi, d'avoir couru après cet original ; allons boire un coup avant foupé ... à moi, monfieur Solfa, n'eft-ce pas ? --- morbleu ! je voudrais bien voir qu'un muficien reculât ! ... & toi, Sinval? ...

SINVAL.

Difpenfez-moi , je vous prie; vous favez que je bois peu.

BIRK.

Diable foit de la femmelette! ... je te le dis, il te faut une courfe fur mer pour te former.--- La pefte ! fi je n'ai envie de faire exprès avec toi un voyage aux Indes ... (*il fort avec* SOLFA.)

LALI.

Sinval ! pourquoi fi trifte aujourd'hui? toujours plus étranger à la fociété, toujours plus fauvage, vous vous taifez ! ... eh ! ne fommes nous pas vos amis ?

SINVAL.

Mon cœur eft fermé, Lali ; la douleur y repofe... Si je fuis étranger au monde, n'en accufez que mon extrême fenfibilité. --- Je l'ai vu, ce monde froid & méchant ; j'ai perdu les dehors de la confiance, & n'ai pu en reprendre l'habitude avec vous même. J'ai vu ce monde qui m'a repouffé, quand mon cœur preffé du befoin de fe livrer, volait fur ma bouche ... qui rencontrai-je alors ? ... une âme froide, une âme fourde, une âme qui ne pouvait m'entendre. J'ai vu tout étranger au fentiment dans ce monde intéreffé & calculateur. A chaque inftant rencontrant un vifage du dix feptième fiècle, qui me glaçait & me forçait à rentrer en moi-même ... qu'ai-je vu autour de moi ? --- des horloges, des automates, des phifionomies où l'intérêt a gravé fa froideur & fon exactitude... Nulle part l'empreinte du cœur ; point d'ardeur ; point d'élan ; rien qui fe rapportât à moi. --- Las de ramper avec ces infectes, j'ai fui un monde infenfible. --- Ce n'eft que parmi vous que j'ai trouvé des cœurs ... mais ils font trop fenfibles pour les navrer de mes maux. --- J'ai un confolateur : la vue de la nature & du ciel éternel. --- Aujourd'hui ma courfe m'était néceffaire, elle m'a tranquilifé. --- J'ai fuivi cette nature dans fa marche impofante. --- Jamais le foleil ne s'eft couché avec tant de majefté. Les brillantes nuances de l'occident contraftaient avec les fombres nuages

de l'orient, & l'azur de la partie éclairée du ciel,
avec le brouillard obfcur de la plaine profonde. —
Du haut de mon rocher, ifolé, plus près des cieux,
je voyais avec mélancolie, le filence & la nuit pla-
ner fur vos campagnes, & m'offrir une faible image
du fommeil éternel . . . Bientôt les étoiles ont paru
dans les intervalles des nues . . . Je confidérais ces
aftres paifibles que nos pères ont vus, quand nous
étions encore dans le néant. Que verront les générations futures, quand il n'exiftera plus rien de
nous — pas même un fouvenir ? Je m'élançais avec
tranfport vers ces fphères innombrables . . . & mon
cœur enivré oubliait dans fes grandes méditations,
les peines, les petiteffes du monde, oubliait
tout —

L A L I (tendrement.)

Et moi, & nous auffi ?

S I N V A L.

Peut-il vous oublier . . . Lali ! mais que fert d'af-
focier votre image aux fombres idées de mon
cœur ? Il vaut mieux que j'oublie ce qui m'entoure
dans ce monde, où je ne vivrai plus longtems.
Quand l'orage tonne dans mon cœur, comment
le pénétrer des douces fenfations de la vie? Je détourne avec effroi la vue de cet univers, où vingt-

deux ans d'exiftence ne m'ont offert que des peines, des peines affreufes qui defcendront avec moi
dans la nuit du cercueil. --- Lali! laiffez mon
âme à cet abandon ; laiffez moi me préparer à quitter fans déchiremens le fonge pénible de la vie.
Le refte en eft confacré à jetter encore un regard
fur la fcène de la nature : encore quelques-jours je
verrai cette belle terre, ces torrens, ces montagnes, & les aftres du ciel ... & je fermerai les yeux
fans regrets, pour ne les plus voir ... jamais ...

LALI.

Sinval ! (*à part.*) il ne fait pas comme il me
déchire ...

SINVAL.

Et que me font déformais les paffions du monde ?
Mon cœur n'y eft plus rappellé que par des fouve-
nirs. Sur des ailes de feu, il s'élance vers les fiècles
futurs, vers l'éternité de repos qui l'attend, &
voit comme un fonge, fon paffage fur la terre
mortelle. --- Lali ! concevez vous l'impétueux
élan d'une âme, qui longtems agitée par la tempête des paffions, & flétrie par les chagrins ; qui
ne voyant dans le monde que de longues inquiétudes, s'eft élevée au-deffus de ce qui l'entoure ?
Concevez vous la mélancolie facrée de cette âme,

qui planant près des cieux, vit, brûle de sa propre énergie, & se replie avec un doux sentiment sur elle-même; quand le souvenir, s'élevant du monde comme un Hymne, lui rappelle les vicissitudes passagères de ce monde périssable, & des orages qui ne sont plus? … O Lali! quand je me dis: mes beaux jours sont passés; sur cette terre je ne puis plus être heureux; je ne puis plus faire d'heu-reux … voilà ma consolation: je regarde les cieux, la nature immortelle; je pénètre dans la nuit du futur; j'envisage la mort, & je me dis: qu'est-ce que la vie?

LALI.

Sinval! pourquoi votre tristesse augmente-t-elle toujours? Vous ne considérez que vos propres maux; regardez autour de vous: regardez ceux qui sont occupés à vous rendre plus douce cette vie que vous méprisez, & qui peut faire leur bon-heur … & vous voulez leur arracher leur récom-pense!

SINVAL.

Votre pitié, votre compassion, vos soins … O Lali! tout cela me fait mal. --- Cœurs généreux! il est trop tard … je ne suis plus rien au monde.

LALI.

Eh cruel ! ceux qui vous entourent, ceux qui vous aiment, n'ont ils pas des droits fur vous ? vous n'êtes rien au monde !... Demandez au bon capitaine, demandez à Lali, fi vous n'êtes rien au monde ? ... n'êtes vous pas tout pour eux ?

SINVAL.

Oh ! que m'avez vous dit, Lali ? malheureux par les nœuds qui m'attachaient à la terre, j'attens le moment, où plus ifolé, j'y ferai de trop : pourquoi le retarder par de nouveaux liens? ... Lali ! vous avez un cœur ... n'en formez jamais de liens ; ils font le malheur de la vie.

LALI.

Il faut donc être ingrat & dur ! ... O Sinval, vous pleurez ; quittez donc, pour ceux qui vous aiment, ces fombres penfées.

SINVAL. (*Montrant fon cœur.*)

Elles font là, écrites par des années de chagrins, & n'en fortiront plus. Laiffez moi, Lali, laiffez moi ... j'ai befoin de me remettre ... (*il fort.*)

LALI.

Sinval! --- il me repouffe ! il me fuit ! il ne veut pas me comprendre ; il eft tout entier à fa mélancolie ... le cruel ! quels font fes maux ! fans

doute il a aimé, il aime . . . & ce n'eft pas moi ! —
Hélas ! ai-je eu affez de foins ? . . . mes regards
ont-ils affez dit ? . . . trop : & j'en rougis. — Vou-
drait-il de moi ? de moi, pauvre orpheline ; de
moi, qui n'ai point été nourrie dans fa foi ? — il
ne voit en moi fans doute qu'une infortunée, objet du courroux de fon Dieu . . . & qu'importe à ce
Dieu la livrée de fes enfans ? l'amour, l'amour,
voilà la religion qu'il a donnée à toute la nature ;
un cœur infenfible eft le feul reprouvé. — Mais hélas ! il en eft qui difent que je m'égare, que le pré-
jugé me trompe . . . Dieu ! grand Dieu ! montre
moi le chemin. — L'inquiétude, le trouble font
dans ce cœur ; je n'y trouve que Sinval. Je le fuis
en tremblant, ce guide adoré ; je n'en ai plus
d'autre . . . Dieu ! tu l'as fait catholique, ce Sinval, ah Dieu ! tu ne l'aurais pas trompé.)

UN MISSIONNAIRE, *(dans sa cellule)*.

Je la verrai.. je la verrai !.. comme mon cœur
est agité !... il est donc coupable !... ô Lali! est-
ce un démon malfaisant qui m'a inspiré le projet de
ton salut ? ... Dieu! grand Dieu! tu vois dans le
fond de mon âme ; soutiens ma faiblesse.... Non,
une religion sacrée ne servira point de prétexte au
crime : donne à mon cœur la force de se surmon-
ter ; en croyant lui montrer le chemin qui con-
duit à toi, ne permets pas grand Dieu! que je la
précipite dans celui de la perdition.... Ah! je suis
au bord de l'abîme.. déja ta loi divine se souille
sur mes lèvres impures ; déja le relâchement & la
séduction se glissent dans mes maximes ... je frémis ; soutiens-moi, grand Dieu! je suis faible....
quand je la verrai... oh! que je ne t'oublie pas !...

BIRK & LALI, (*dans la salle.*)

BIRK.

Eh bien, qu'eſt-ce?... Eh bien, que ſignifient
cette triſteſſe, ces pleurs?... O morbleu! la maudite engeance que les femmes!... Que ne ſuis-je
encore dans mon vaiſſeau! je ne verrais plus tout
cela, ou je les enverrais à fond de cale ſe déſoler
tout à leur aiſe. (*plus doucement*) Ma chère, ma
bonne Lali, mon enfant! ſi je t'ai ſervi de père, ſi
je t'ai élevée comme ma fille, ſi je t'ai aimée, &
Dieu ſait ſi je mens! Lali! ne me laiſſe pas dans
cette cruelle incertitude.... Non morbleu, elle
veut me tuer, me faire mourir à petit feu.... Malheureuſe! faut-il me mettre à tes genoux?... Ah!
j'y perds la tête!..

LALI.

O mon père!... vous l'êtes...

BIRK.

Oui, je le ſuis, ma foi! tu ſais ſi mon amour
m'en a donné les droits. ... Je ne te demande
qu'une choſe pour des années de ſoins.. parle...
eh bien! encore des pleurs?.. veux-tu te ronger,
te conſumer de triſteſſe, comme ce maudit Sinval,
que Dieu confonde? Depuis qu'il eſt ici, ſa maladie

te gagne. Eh morbleu! qu’eſt-ce que ça te fait à toi, qu’il ſoit fou, qu’il ſe tue de chagrin... Dieu merci, il veut partir... ce n’eſt pas que je n’en ſois fâché....

LALI, (*toute en larmes.*)

Mon père!...

BIRK.

Encore!.. eh morbleu, qu’il parte, le corſaire! mais toi, mon enfant, ne ſois pas comme lui, parles, d’où vient cette triſteſſe? T’ai-je jamais fait de la peine? T’ai-je jamais gênée? T’ai-je refuſé quelque choſe? Quand je t’ai adoptée en Angleterre, j’ai dit: les catholiques ont perſécuté ſa famille, les catholiques l’ont chaſſée de ſa patrie, les catholiques ont fait mourir ſon père de chagrin.... Eh bien, moi, je ſuis catholique, & je veux réparer tout cela.... Auſſi tu vis comme tu veux: t’ai-je jamais empêchée d’aller entendre tes malheureux prédicants de Huguenots?... Qu’eſt-ce que ça me fait à moi, que le diable emporte ton âme?... Ce n’eſt pas que je n’aimaſſe mieux te voir catholique... Mais, ma fille, mon enfant, que te faut-il?

LALI.

Ne me reprochez pas, mon père, la foi dont j’ai ſait profeſſion... j’ai vécu dans l’erreur... je l’abjure. (*Soupirant*), Sinval est catholique, vous l'êtes, je veux l'être aussi.

BIRK, (*stupéfait*).

Attendez, s'il-vous-plait, que je débrouille tout cela.... Sinval.. moi.. toi, catholiques, toi!... (*vivement*), que je t'embrasse!.. que je t'étouffe! tu abjureras ta maudite héréfie!... mon enfant, que je t'embrasse!... Je pensais bien que Dieu ne permettrait pas que tu fusses damnée, comme tous ces chiens de mécréans. Toi, catholique!... c'est donc ce diable de missionnaire qui a fait ce chef-d'œuvre là? Oh la bonne mission! le chien!... nous boirons ensemble.... Je n'ai pourtant jamais aimé cet homme là, quoiqu'en dise notre curé.... La belle fête que cela va faire!... Mais, mais toi catholique! dirait-on qu'elle y touche?.. Cela me rajeunit de dix ans. (*Il court pour sortir, & revient*). Mais à propos! ne voilà pas de quoi te faire pleurer. Tu pleures, Lali?... Sinval... toi catholiques.... Est-ce lui qui t'aurait converti?... Morbleu! l'aimerais-tu?... Le vieux sot que je suis! tu l'aimes, pardieu! dis, avoue-moi que tu l'aimes.. ou je te... (*plus doucement*), tu l'aimes?..

LALI.

Pardonnez, pardonnez...

BIRK.

BIRK.

Ah! tu l'aimes!.. Eh bien! que le diable m'en-
lève, fi l'on entend quelque chofe à ces maudites
créatures de femmes. ... Aimer!... qui?... Un
grand fou, venu ici je ne fais comment , pour
donner le fpléen à tous les environs. .. C'eft un
bon garçon : on faura qui il eft, on le faura ... &
vous l'aurez, mademoifelle , & vous l'aurez.

LALI.

O mon père!..

BIRK.

Et je m'en lave les mains; vous l'aurez. ... Tu
es donc bien fûre qu'il t'aime? qu'il eft d'humeur à
te prendre?... Il lui conviendrait bien vraiment
de ne pas t'aimer!... Mais pourtant, qui l'aurait
cru? Je ne m'étonne plus qu'on fe faffe catholique. .. Oh parbleu! bien t'en a pris, n'eft-ce pas,
qu'il ne fût pas turc ou payen?.. Ah! tu l'auras...
J'aimerais mieux te donner au grand diable d'enfer , que te voir pleurer ainfi. ... Mais s'amoura-
cher de ce fot là, qui n'a jamais le mot pour rire;
qui n'a peut-être jamais fumé une pipe, ni vu un
vaiffeau; fans bien, fans état...qui ne fait que gémir. ... Oh! nous favons maintenant à quoi nous
en tenir fur ces larmes. On fe voit, on s'aime, on

C

fait les tourterelles, on cache bien fon petit ro-
man, & puis tôt ou tard il faut en venir au papa
pour arranger tout cela... Oh! l'on n'a qu'à faire
des fottifes, on fait bien que je fuis là pour les réparer.... A quand l'abjuration?

LALI.

Je commence feulement à m'inftruire.

BIRK.

Oh! ça, c'eft la moindre chofe. Vite, vite à
l'abjuration; mais motus! qu'on n'en fache rien.
Si ma nièce vient, elle fera de la fête.... Que de
gens furpris!.. Mais ce diable de Sinval, où eft-il?
Je parie qu'il court les champs à gober les mou-
ches, fans favoir ce qui fe paffe, avec une mine
longue d'un pied & demi... Je donnerais dix louis
à qui me l'amènerait à préfent. (Solfa *entre*). Oh!
qu'il ne s'agit pas à préfent de leçon! motus! Lali
abjure fa maudite héréfie, que Dieu confonde! (*il
embraffe Solfa*), & réjouis-toi, maître. Lali eft catholique, ou peut s'en faut... & un mari au bout.
(*Il faute*), houpfa! houpfaffa! je crois que j'en
deviendrai fou. (*Il veut fortir, & rentre*). A moi,
ami Solfa, à moi! allons traquer ce maudit Sinval,
ce débaucheur de filles... à moi! (*il fort*).

Solfa.

Ah! mademoiselle! je le penſais bien ; voilà le
fruit de mes leçons. On ne peut être bon muſicien
& hérétique. Je ferai pour la fête un air, une
meſſe, une harmonie, qui fera deſcendre les Anges
du ciel, (*il ſort*).

Lali.

Pourquoi mon cœur ne veut-il pas s'ouvrir à l'eſ_
pérance?... Il a aimé ſans doute, il aime, il ne
pourra m'aimer.... Je ſens que l'amour eſt de la
vie. (*Sur ſon cœur*). Là, là eſt l'inquiétude...
tout me dit qu'il ne ſera pas à moi... O Sinval! ce
cœur, tout, tout eſt à toi... & tu n'en voudrais
pas?... Je vais courir le chercher ; je lui dirai :
je ſuis la fille de ton ami, je ſuis ton amante, je
veux être toute pour toi... Il me prendra par pitié,
il ne m'aimera pas ; j'en mourrai de douleur ...
mais du moins j'en mourrai dans ſes bras.

BIRK & SINVAL, (*dans le jardin*).

BIRK.

M'as-tu bien entendu ? ma fille Lali, & mon
bien . . . tu l'aimes.

SINVAL.

Lali eſt adorable, mais . . .

BIRK.

En grace, réponds franchement. Pourquoi me
le cacher ? Je ſais que tu l'aimes.

SINVAL.

Si vous vous trompiez ?

BIRK.

Je ne me trompe jamais. . . . Je voudrais bien
voir que tu ne l'aimaſſes pas, quand je veux te rendre plus heureux que tu ne mérites !

SINVAL.

Plus qu'il ne m'eſt permis de l'être.

BIRK.

Tiens, morbleu ! plus de ces réponſes-là, ou . . .
Oui, j'aimerais mieux être ſeul, à conduire un
vaiſſeau battu par les trente-deux vents, que mener
cette tête là. . . . Eh bien ! que tu l'aimes ou non,
en veux-tu ? n'en veux-tu pas ? . . Une fille, jeune,
jolie, de bonne famille, quoique pas de la mienne ;
une fille, qui t'aime, tu le ſais bien, corſaire ! qui

fèche, qui fe ferait Anabaptifte ou Juive pour te plaire.... Eh bien! veux-tu me la laiffer mourir de chagrin devant moi?... Vas-t'en au diable! n'en parlons plus.

S I N V A L.

O Dieu! fuis-je affez éprouvé?

B I R K.

Il ne répondra pas!.. (*fe contraignant*). Tiens, par charité! réponds moi... parles; veux-tu la moitié de mon bien? mais parles... en grace! veux-tu que j'en crève?

S I N V A L.

Généreux ami, tenir à vous de plus près, tenir tout de vous, ferait pour moi le bien fuprême... mais le puis-je? Autrefois j'ai aimé. Déplorant une perte irréparable, eft-ce un cœur plein de l'image d'une autre que je puis donner à Lali? Quand la vie m'eft odieufe, puis-je porter dans fon fein la douleur qui me confume? Je fuis un malheureux, dont l'approche même eft à craindre.... Lali eft adorable; mais que lui donner? mon cœur & ma vie, tout ce que j'ai n'eft plus à moi.

B I R K.

Où as tu lu tout cela? cela peut être fort beau;

mais je t’avertis, moi, que je n’ai jamais rien lu, & que je n’aime pas les mauvaifes raifons. . . . Je te donne quartier jufqu’à l’abjuration : tu changeras jufques là . . je l’efpère . . j’en jure . . ou fi non, morbleu ! . . . je fuis homme d’honneur. (*Il veut fortir*).

SINVAL, (*l’arrêtant*).

Capitaine ! ni tems, ni délais, ni menaces ne me feront changer. Parlez . . . vous me propofez Lali . . me connaiffez vous?

BIRK.

Que m’importe? tu es homme; que me fait l’état & la naiffance? . . tu es fans bien? j’ai été pauvre; tu n’as point de rang? j’ai été foldat; tu as été malheureux? . . . embraffes-moi, ami, nous fommes frères ; je l’ai été, je le ferai encore. Si tu refufes d’être à moi, fi tu méprifes ma Lali. . .

SINVAL.

Cœur généreux! ami refpectable, plus vous me montrez de confiance, moins je dois en abufer. Parlez, capitaine! . . . fi j’étais un homme déshonoré ?. . .

BIRK, (*furpris*).

Déshonoré! . . . non, tu ne peux pas l’être; cet aveu feul prouverait que tu ne l’es pas.

S i n v a l.

Je le fuis. Connaiffez le malheureux que vous
avez accueilli : avili, peut-être même infâme, le
glaive de la juftice eft fufpendu fur ma tête.

B i r k.

. Toi coupable !

S i n v a l.

Un duel malheureux a appellé la vengeance des
loix fur moi. Capitaine, allez à la Ville-Neuve ;
demandez le crime de l'infortuné d'Olban ; vous
le verrez gravé par la main des bourreaux fur le
bois de l'infamie . . . --- J'ai peu de jours à vivre,
je puis vous ouvrir mon cœur. Pénétré d'une paf-
fion profonde, que je porte encore dans mon fein,
c'eft pour venger une amante adorée, que j'ai faifi
l'épée fatale. J'avais deux ennemis à combattre ;
un ami m'a prêté fon bras ; nos adverfaires ont
payé de la vie leur audace, & nous de notre honneur le courage qui les a terraffés. Pendant deux
ans, profcrits & fugitifs, errans tantôt dans les
foréts & les montagnes du Rhin, tantôt combat-
tans fous des noms fuppofés dans les armées, la
mifère & le défefpoir nous ont accablés. J'ai perdu
cet ami généreux ; il a fuccombé. Loin des lieux
où repofe fa cendre, furieux, défolé, j'ai porté

mes pas téméraires ; j'ai ofé me rapprocher encore une fois de mon amante & des lieux chers à mon cœur; mais j'ignore fon deftin. J'ai écrit ; j'ai ofé découvrir ma demeure ; on ne m'a pas répondu ; je la crois enfevelie dans un cloitre. --- Ainfi fans confolation , j'aproche pas à pas du tombeau qui couvrira mon opprobre. Capitaine! voyez l'homme auquel vous propofiez Lali. --- Aujourd'hui il rougit devant fon bienfaiteur , & doit s'en épargner la honte. --- Vous ne me verrez plus.

BIRK.

Arrête , jeune-homme! toi, rougir devant moi ! me mets-tu au nombre des âmes viles qui t'ont condamné ? non morbleu ! tu es au-deffus de l'eftime & de l'honneur du monde ; c'eft mon cœur qui t'en affûre ; & fur l'honneur il ne m'a jamais trompé : tu as combattu pour celui de ta maitreffe ; tu as vaincu --- dépend - il morbleu ! de toutes les loix de l'univers de t'arracher l'eftime du capitaine & des braves gens ? --- La honte eft pour ceux qui te méprifent, pour ceux qui t'ont profcrit. Crois-moi , jeune homme, ils te condamnent, parce-qu'ils font incapables de t'imiter! --- Viens ; ton cœur eft digne du mien ; viens avec moi brâver une honteufe éffigie. --- Voilà le bras qui l'arrachera,

& ce fera la plus belle action de ma vie. --- Non, morbleu ! laiffons-la , pour être l'enfeigne de leur opprobre. Si j'étais à ta place, je voudrais-être perdu pour la honte de l'univers ? --- Ami ! tu n'as pas tout perdu ; ici font des cœurs qui valent bien le refte du monde ... moi ... Lali ...

SINVAL.

Capitaine ! je ne puis l'accepter. Romprai-je la foi qui me lie !... Je ferais indigne de votre eftime.

BIRK.

Infenfé ! & celle que tu aimais , valait-elle ...?

SINVAL.

Elle m'aimait. --- Arrêtez , & prenez fa dé-fenfe ... C'était Nina.

BIRK.

Ma niéce !

SINVAL.

Celle dont vous ignorez le fort. --- Vous m'avez forcé à rompre le filence.

BIRK.

Et fi elle était infidèle , morbleu ?

SINVAL.

Pourrait-elle l'être ?

BIRK.

Que fais-je ?... Le pauvre capitaine ne fait rien

de sa famille ; le diable sait plutôt ce qui se passe, que moi . . . mais si elle l’était ? . . .

SINVAL.

C’est impossible.

BIRK.

Ne te voilà-t-il pas avec tes idées ? . . . mais l’oublierais-tu ?

SINVAL.

Oui , si elle pouvait l’être.

BIRK.

Embrasse moi sacrebleu ! . . . elle est mariée.

[SINVAL, (*le saisissant par l’épaule*).

Mariée ! . . . y songez vous ? . . . tremblez de me plaisanter. . .

BIRK.

Mariée depuis un mois, pendant ta dernière absence.

SINVAL, (*égaré*).

Mariée ! . . .

BIRK.

Est-ce là l’oublier, morbleu ? est-ce là me tenir parole ?

SINVAL, (*consterné*).

Mariée ! — Tout est dit. (*Il reste anéanti*).

Birk.

Eh bien ! ne voilà-t-il pas encore une tragédie ?
Sacrebleu ! je voudrais être mort ... parles, dis ,
qu'eft-ce que cela te fait à toi, puifque tu en as une
autre ? Parles , dis moi , promets moi que tu l'ou-
blieras. --- Non pas, il n'en fera rien, (*il fe frappe
le front.*) Miférable que je fuis ! pourquoi l'ai-je
dit ? Ne voilà-t-il pas qu'après avoir pris toutes les
précautions poffibles pour le préparer , il fe défole
comme un réprouvé, que Dieu confonde ! ..·
Sinval! ... Sinval ! ... veux-tu bien me répon-
dre ? ... non, non; il eft mort ... fcélerat! ...
& comment lui apprendre à préfent qu'elle doit
arriver ? ... Sinval ! ... non morbleu, il ne
m'entend pas. --- Que le tonnerre l'écrafe. ---
Qu'eft-ce que ça me fait ? je m'en vais le dire à toute
la terre ; peut-être qu'enfin il l'apprendra. (*Il fort.*)

Sinval.

Elle eft mariée, fa nièce ! --- elle vit pour un
autre ! --- l'infidelle ! elle oublie que je lui ai tout
facrifié. --- Ah! qui m'empêche d'aller porter à
fes pieds mon défefpoir, qui m'empêche de lui
montrer le reproche, fur ce vifage défiguré de
chagrins & de mifère, & de livrer aux bourreaux
une tête profcrite ? Mort ! Nina dans les bras d'un

autre ! --- Tout me repouſſe du monde , & m'a-
vertit de le quitter. --- Nina ! elle n'eſt plus ... ne
fera plus à moi ! --- l'infortune m'entoure --- péſe
ſur moi. Je regarde le ciel & la terre ; rien ne me
conſole ; tout me rappelle mon malheur. Je ne
vois devant moi qu'un abîme affreux , profond,
ſans bords ; & tout me force à m'y précipiter. Nina ! ton ſouvenir ſeul m'attachait encore au
monde ; ſans ſecours , ſans appui , au bord du
tombeau, j'étendais encore les bras vers toi --- & je
recule d'épouvante de ne plus trouver qu'une ombre. --- Nina perfide ! --- où jetter mon cœur ! où
trouver un refuge ! --- tout eſt fini. --- Je regarde
autour de moi ; le monde n'eſt plus qu'un déſert. ---
Mort ! mort ! --- je dois l'attendre --- la chercher,
cette mort déſirée , dans des antres ignorés , dans
des lieux où l'œil des hommes ne me retrou-
vera plus. --- O Dieu ! ton bras s'eſt apeſanti ſur
ma faible jeuneſſe ; il m'a affaiſſé dans la pouſſière
où je rugis ma douleur. Les tempêtes s'accumu-
lent ſur moi --- il eſt tems de ſuivre la dernière
route que tu m'indiques . . . Oh ! donne ,donne moi
le calice : il eſt eſt amer ; mais il faut le vuider.

FIN *de la première journée.*

L'OISEAU.

Ire Voix.

LʼOISEAU du ciel, d'un vol audacieux,
A fui l'homme cruel dans le vague des nues.
Là de fes ailes étendues
Il demande un azile à la voute des cieux. ---

II.

Où fuit l'Oifeau fur fes plumes légères ?
S'écriait le chaffeur confus.
Il le cherche des yeux ; il ne le trouve plus ;
Et jette de dépit fes armes fanguinaires. ---

Chœur.

Fuis, fuis dans le vague des airs ;
Fuis en filence, oifeau timide :
Il veille, le chaffeur perfide ;
Et fon dard peut des cieux traverfer les déferts. ---

I.

Du haut des cieux ton chant defcend fur fa retraite . . .
Soudain de fa main le trait fuit,
Comme l'éclair de la trompête
Dans l'ombre de la nuit. ---

II.

Parmi les aftres arrêté,
L'oifeau tombe victime,
Dans ce vallon étroit, qu'avec fécurité
Il voyait à l'inftant, comme au fond d'un abîme, ---

III.

Il agite son aile ; il se débat encor ;
Il veut-fuir le trait qui le blesse ;
A l'air par un dernier effort
Il demanda d'aider à sa faiblesse.
L'air ne résiste plus sous l'aile qui le presse ; ...
Il tombe ; le bras de la mort
Est le poids qui l'affaisse. ---

Chœur.

Meurs, ô faible Oiseau, meurs !
Des derniers efforts de la vie
Abrège les douleurs :
L'homme arrive dans sa furie
Pour insulter à tes malheurs ;
Meurs, ô faible Oiseau, meurs ! ---

I.

Du haut de la voûte éternelle
Le vent impétueux a dit :
Où est-il donc, mon compagnon fidèle ?
Celui qui dans son vol hardi
S'appuyait sur mon aile ? ---

II.

Le mont silentieux
A demandé son chantre solitaire.
Restes muet, ô mont ! fuis seul, vent furieux !
L'oiseau du ciel gémit dans la poussière. ---

Chœur.

Meurs, ô faible Oiseau, meurs ! &c. ---

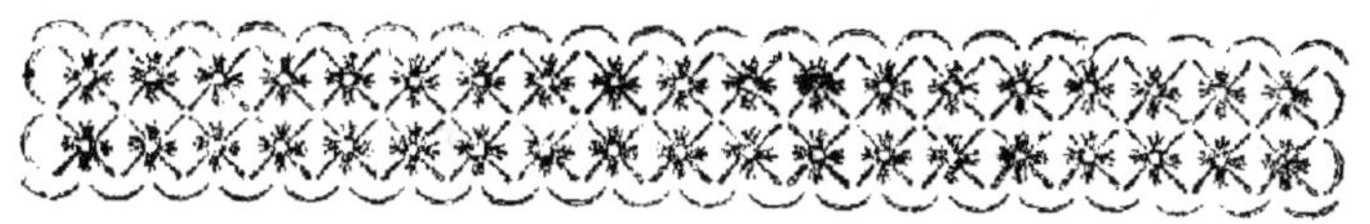

LES DERNIÈRES
AVENTURES
DU
JEUNE D'OLBAN.

SECONDE JOURNÉE.

LALI ET LE MISSIONAIRE, (*dans la cellule*),
LALI, (*avec inquiétude*).

VOUS qui me guidez vers le ciel , que m'a
montré une paſſion, que ſans doute il m'a envoyée
pour mon ſalut, ſoutenez mon faible cœur. --- C'eſt
pour l'amour qu'il ſe détermine à ſuivre une nouvelle route : on la dit plus prochaine du trône de
mon Dieu ; je la ſuis. Que ce Dieu faſſe que bientôt je ne la ſuive plus que pour lui ! ... je crains,
je tremble, qu'il ne s'irrite de voir que l'amour
ſeul eſt mon guide --- eh ! pourquoi me l'a-t-il

donné, cet amour malheureux?... tout m'effraye
dans cette nouvelle carrière: au bout des douces
erreurs de la vie, qu'il eſt terrible de voir un enfer!

LE MISSIONNAIRE.

Sinval va donc devenir votre époux? c'eſt une
récompenſe; mais gardez vous de la regarder
comme le ſeul but de votre action; ce n'eſt pas à
de ſi petits intéréts que nous devons attribuer nos
démarches; faites tout pour ce Dieu bon, ce Dieu
rémunérateur, qui du haut de ſon trône jette un
regard de complaiſance ſur ſes créatures; & que de
noires craintes n'empoiſonnent pas vos jours....
Ame douce, âme timide! ne voyez dans ce Dieu,
que le bon Père, qui, ſatisfait de voir ſes enfans
s'efforcer à ſuivre la route qu'il leur a preſcrite,
pardonne à leur intention, ſait pardonner à leur
faibleſſe de légers égaremens... eh! quelles erreurs ne ſont pas petites en comparaiſon de ſa miſéricorde?... Quand du haut de ma chaire, ton-
nant ſur les têtes vulgaires, j'annonce un Dieu terrible aux âmes épouvantées; quand je peins le
Dieu des vengeances, le Dieu d'Iſraël précédé par
les tempêtes, ouvrant à coups de foudres l'abîme
ſous nos pas. --- Lali! je parle à des cœurs durs,
qui ne connaiſſent de ſentiment que celui de la
crainte. ---

crainte. --- Non , il n'eſt point cruel, ce Dieu créateur ; ce n'eſt pas ſeulement pour les peines, qu'il a fait à nos cœurs le don céleſte de la ſenſibilité ; ſouvent il nous permet, il nous offre les plaiſirs , pour nous dédommager des maux qu'il nous force à ſupporter. --- Et ſi quelque-fois le penchant qu'il nous a donné pour notre bien-être , nous égare dans des ſentiers de fleurs , nous en ſommes aſſez punis par l'épine qu'elles nous cachaient; & nous retombons dans ſon ſein conſolateur, pour n'y éprouver que ſa miſéricorde. (*Il s'approche d'elle d'un air conſolant.*)

LALI.

O mon ami ſpirituel ! comme vous ſoutenez mon cœur , mon cœur gémiſſant ! ah ! ſoyez toujours ſon guide , j'aime, j'adore Sinval . . .

LE MISSIONNAIRE , (*ſe retirant avec ſévérité*).

Le trop aimer , ferait un égarement qui vous conduirait à l'oubli de vos devoirs. --- Fût-il votre époux , votre affection doit-être modérée pour n'être pas coupable. Le ciel qui nous permet comme aux enfans un léger hochet, s'offenſe de ce qui peut nous diſtraire trop de lui.

LALI.

Le ciel donc me punira de l'ardente , de la pro-

fonde paſſion qui maîtriſe tous mes ſens ? — Sinval ! — Quoi, mon cœur, s'égare . . . & lui, lui,
il héſite à voler dans mes bras ! Le cruel ! il eſt
triſte , & ce n'eſt pas pour moi ! il ſoupire , & ce
n'eſt pas pour moi ! O mon père ! . . . quand je
vois l'inſenſible ne point alimenter ma flamme . . .
quand je le vois la repouſſer . . . , oui , dans mon
déſeſpoir , je rejetterais ſur le premier objet le feu
qui me conſume . . . il en faut un à mon cœur. Au
premier homme ſenſible je demanderais un cœur ,
un cœur qui ſût aimer — je me jetterais dans ſes
bras — & mourrais enſuite de déſeſpoir que ce ne
fût pas Sinval.

LE MISSIONNAIRE , (*s'élançant vers elle*).

O Dieu ! quel cœur pour t'aimer !

BIRK ET SOLFA, (*dans la salle*).

BIRK , (*amenant Solfa par la main*).

C'eſt preſſé morbleu ! c'eſt preſſé ; il faut prendre un parti. Elle arrive … elle arrive ! & Sinval ? comment lui apprendre ? … comment le préparer ? morbleu ! … parle, conſeille moi, dès … je m'y perds.

SOLFA.

Mais vous , monſieur le capitaine, que penſez vous ?

BIRK.

Eh ventrebleu ! ſi je penſais quelque choſe , eſtce que je le garderais dans mon cœur , pour te demander ton avis ? conſeille-moi, maître , dis… Si d'abord j'avertiſſais Lali ? — Bon ! ce ſerait des inquiétudes , des larmes , & je n'aime pas ces diables de lamentations-là. — Si l'on diſait à Nina ? … oui , oui ; mais comment lui parler avant qu'elle arrive ? miſérable ! … — écoute ; il me vient une idée … morbleu ! une idée prudente ! — Je ne ſuis pas le capitaine Birk pour faire des pas d'écolier. — Je prendrai Sinval , je le préparerai finement ; je lui dirai — écoute moi donc, maître ! — Je lui dirai comme cela , ſans faire ſemblant de rien, (*d'une voix aſſûrée*) jeune homme !

abſente-toi pour quelques jours , ta Nina arrive
avec ſon mari.

SOLFA.

Pouf ! . . . le voilà bien préparé ! --- Mais ne
trouvez vous pas que c'eſt bien précipité ? . . . Si
d'abord . . .

BIRK,

Eh bien parbleu qu'il en meure ! pourquoi s'avi-
ſe-t-il de l'aimer ainſi ? Tais toi. Qu'il aille ſe pro_
mener . . . je ſuis obligé de faire-là des efforts d'i_
magination . . . (*il rêve*) . . . Mais pourtant . . . ah
ça, te voilà comme une buche ; te voilà diſtrait . . .
oh morbleu ! dis moi ce qu'il faut faire . . . je veux
qu'on me conſeille , moi ; ce n'eſt pas que je n'en
faſſe après tout ce qu'il me plait, mais je veux qu'on
me réponde . . . que ferais-tu, toi ?

SOLFA.

Je ne ſais : il faut connaitre les gens pour bien
juger ; il faudrait avoir ſondé leur cœur, pour agir
enſuite d'après le ſien.

BIRK.

Oui vraiment, mon cœur ! . . . & ſi je ne veux
pas faire à la guiſe de mon cœur, moi ? --- Car
mon cœur eſt un ſot, qu'on a toujours pris pour
dupe --- & puis, demandez des conſeils , pour

qu'on ne vous donne précisément pas celui que vous voudriez. --- Je veux qu'on me conseille, moi ; mais je veux des conseils qu'il me plaise de suivre, entends-tu ? --- Mon cœur ! eh morbleu ! comme si je ne pouvais pas consulter mon cœur sans toi ! --- (*plus doucement*). Ah ça, dis moi, parles . . . voilà que ma nièce va arriver . . . Oh ! s'il pouvait casser une roue à sa voiture, on lui crever quelque cheval, pour me laisser le tems d'arranger tout cela ! . . . Je me défespère . . . la voilà qu'elle va venir . . . elle verra Sinval, Sinval la verra . . . & puis morbleu ! ce feront des hélas pis que sur un champ de bataille . . . mais, mais es-tu mort, toi ? te voilà à quatre cent lieues de ce que je dis ! . . . j'aime qu'on m'écoute, entends-tu, morbleu ? (*il le secoue*).

SOLFA.

Mais je penfe . . .

BIRK.

Eh bien ! je te défends de penfer. — Nous fommes vraiment de grands fots tous deux, de nous rompre la tête pour ces fous-là ! ils ont fait le piège, mafoi, qu'ils s'en tirent ! . . . Eh ventrebleu ! ferai-je moins le capitaine Birk, quoiqu'il en arrive ? . . . Je fuis bien bon de m'inquiéter de tout cela . . .

D 3

Elle viendra, elle viendra ... & les chofes iront comme elles pourront. (*Il fort*).

S O L F A.

Si j'avais ofé lui dire ! ... mais il n'entend rien à la mufique ... Une fimphonie jouée à propos calmerait fi bien les âmes ! ... mais faites leur entendre cela ! (*il fort*).

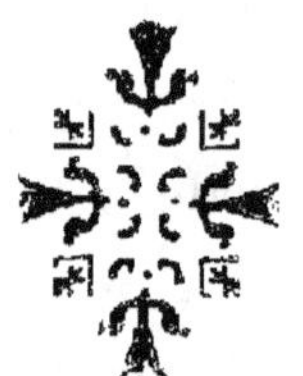

SINVAL, (*dans fa chambre, en habit de voya-
geur, affis la tête appuyée fur fes mains contre
une table, levant la tête, & jettant un
regard fombre autour de lui*).

Pourquoi héfiter ? pourquoi gémir ? ... quelle
force m'arrête encore dans ces lieux ? ... O mon
cœur ! pourquoi s'attache-t-il ainfi ? (*il fe lève*).
Nina ! Nina ! ... toi perfide, encore une fois tu
me chaffes du monde ! ... qui m'y retient encore ? --- Je veux fuir l'afpect & jufqu'à la pitié
des hommes ... & près de l'inftant je balance, je
ne puis me réfoudre. Affaiffé dans le malheur, mon
cœur s'attache davantage à ce qui l'entoure ; il demande du fecours à tous les cœurs fenfibles . . . il
frémit de s'en féparer pour jamais. --- O Nina ! tu
le déchires encore une fois, ce cœur gémiffant...
entre-lui & le monde tu t'élèves comme un fpectre
menaçant ... tu le repouffes dans l'abîme. Je vais
donc y rentrer dans la folitude affreufe, dans
les déferts d'où je fors à peine ... & dont je ne
fortirai plus. --- O Dieu ! où fuir ! ... pourquoi ne
le puis-je pas ? ... Birk ! Lali ! âmes généreu-

fes ! ... il faut que je les voye encore ... Les voir ! quand je les rends malheureux ! C'eft donc mon fort de faire le malheur de tous ceux qui m'ont aimé ? ... Il faut que je les voye encore, ces âmes fenfibles ... & puis, ... ah ! Dieu fait fi je pourrai les quitter.

BIRK et LALI *au jardin*, NINA et SERCI
arrivent..

BIRK.

Et vous voilà déja morbleu !

NINA , (*surprise*).

Vous êtes fâché de nous voir ?

BIRK.

Voilà comme vous prenez les chofes. Non, je
n'en fuis pas fâché ... mais je voudrais, m'en
coûtât-il un bras; que vous fuffiez arrivée plus
tard. --- Le diable fait tous les projets que vous
nous avez dérangés. --- Ah ça, ne voila-t-il pas
que vous avez l'air embarraffé ? que fera-ce donc,
quand je vous aurai dit de quoi il eft queftion?
Morbleu ! auffi, vous m'avertiffez deux heures
avant votre arrivée ! Moi, j'avais des arrangemens
à prendre, j'avais quelqu'un à prévenir... Point
du tout, voilà madame qui arrive comme un coup
de canon fur mon bord --- & adieu mes mefures. ---
Ah ça, il faut pourtant vous dire, --- duffiez vous
faire une mine encore plus trifte --- ne vous effrayez
pas --- & toi Lali, fois tranquille. --- (*Sinval entre*)
Miférable ! & voilà l'autre ! --- cela va faire une
fcène --- peut-on venir plus mal à propos ? --- Oh

ma foi , arrangez vous à préfent , je ne m'en méle plus. —

SINVAL.

Nina ! (*il refte anéanti*).

NINA.

D'Olban ! (*elle tombe fur le banc prefque fans connaiffance*).

SERCI.

D'Olban.

LALI, (*ftupéfaite*).

D'Olban ! . . .

BIRK.

Eh oui parbleu! d'Olban. J'avais bien prévu tout cela; mais auffi pourquoi ces gens-là viennent-ils fe rencontrer fans m'en avertir? Ce font vos affaires, accommodez-vous, (*il s'en va dans un coin, les bras croifés*).

SINVAL, (*s'élançant vers Nina*).

Oui, oui le voici ce d'Olban, qui s'expofa, pour vous venger d'une injure, à un duel, où fes armes ont été trop heureufes; ce d'Olban, qui, victime des loix, & pourfuivi par votre fouvenir, erre depuis deux ans, malheureux, fugitif, fans nom, n'ayant plus rien au monde que ce généreux ami.. Nina! qui m'as mis en main le fer malheureux! ...

toi, qui m'as forcé à fuir dans des lieux inacceſſi-
bles à la pitié même des hommes? toi .. je ne
veux point mettre devant tes yeux deux ans de mifère & de défefpoir ; je ne te préfenterai point le
tableau de mes infortunes , & le cadavre de mon
ami ; je ne te mènerai pas fur les champs du car-
nage, parmi l'horreur de ces combats , où cher-
chant la mort, je n'ai trouvé que des bleſſures. . . .
Je ne te montrerai pas cet ami qui me prêta , qui
te prêta fon bras , enveloppé dans la profcription
& dans mes malheurs, expirant à mes pieds, de fa-
tigue, de douleur , plus que de fes plaies ; fans fecours , fans foulagement, n'ayant au bord de la
foſſe que je lui creufais, que mes larmes pour confolation .. Ne vois que ton amant, que celui que
tu as aimé & qui t'adora. Le voici, ce malheureux
à qui tu donnas ta foi .. (*montrant Serci, du ton
du reproche*) , & voilà ton époux ! .. Serci ! Serci !
que t'avais-je fait ? .. O ciel ! donne moi la mort.

SERCI , (*courant à lui*).

Ami ! c'eft à nous qu'elle eft due.

BIRK , (*qui s'eſt attendri par degrés, n'y tient
plus, & court embraſſer Sinval*).

Oui morbleu! c'eft à eux; (*montrant Lali*) ,
mais voici ta vengeance.

SINVAL.

Capitaine! arrêtez, ne les forcez pas à rougir.

BIRK.

Que je me taise morbleu!... & c'est pour cette infidelle que tu dédaignes ma Lali? Non jeune homme! ce n'est pas là de la grandeur d'âme, c'est un vain entêtement. Qu'est-ce donc que ton héroïsme, quand elle t'a donné l'exemple de l'inconstance?

SINVAL.

M'a-t-elle donné la force de le suivre?

NINA.

Non, non, d'Olban! je ne suis pas coupable: j'en appelle à deux ans de larmes dans la plus obscure retraite.... Cruel! tu me condamnes! tu me crois perfide! tu as donc oublié à quel titre tu devais compter sur mon cœur?

SINVAL.

Arrête, Nina, c'est le tien qui ne s'en souvenait plus. (*Il va à Lali, qui est assise dans une consternation muette*). Lali ... Lali ... (*il lui prend la main; elle tréssaille*). Vous connaissez maintenant le malheureux qu'on vous destinait. J'aurais été un monstre, si j'avais cédé.... Ame généreuse & sensible, vivez pour le bonheur de ceux qui vous entourent ; moi, malheureux, repouffé du monde, je vais paffer le refte de ma vie à l'oublier. Si j'ai caufé votre infortune, Lali, voyez fi vous étes vengée ? (*Lali s'évanouit*).

BIRK.

Monftre ! il la tuera . . . elle eft morte, elle eft évanouie . . miféricorde ! . . . au fecours . . & vous autres, vous voilà tous comme des ftatues. . . . Qu'eft-ce que cela me fait, que vous foyez en que‑ relle ? voilà bien le moment de vous lamenter, quand ma Lali fe meurt . . . Lali, Lali ! . . j'en de‑ viendrai fou . . reviens à toi ma Lali ! il t'époufera, le coquin, ou je lui brûle la cervelle. (*Il prend Lali dans fes bras, & l'emmène*).

NINA.

D'Olban !

SINVAL.

Je ne le fuis plus. D'Olban a été pour vous, mal‑ heureux & flétri. . . . Sinval n'eft que malheureux... il doit oublier d'Olban ; il fe ferait un crime de vivre. . . . O Nina ! . . ô Serci ! . . . vous auffi, mes amis, vous avez juré ma perte.

SERCI.

Ami, ne nous accable pas ! . . nous ne fommes pas coupables . . on nous a trompés. . . .

Sinval, (*Avec effroi*).

N'en dites pas d'avantage.

Nina.

Pardonne, d'Olban, pardonne à notre crédu-
lité;... pouvais-je te croire parjure!.. je l'ai cru.
J'ai foufcrit à des nœuds que des parens cruels
m'ont offerts comme la feule voie, pour fortir
d'une retraite dont je ne ferais jamais fortie, fi je
t'avais fu fidèle...Oh! & c'eft pour moi que tu re-
fufais ton bonheur!... ne nous accable pas; ne
nous laiffe pas un remords affreux; ne me rends
plus coupable, en refufant de m'oublier...J'en
mourrais.

Sinval.

Et tu as donc voulu achever, cruelle! pour aug-
menter mon défefpoir.... (*Avec défefpoir*). Tu
n'es pas infidelle, Nina!... frémis du coup que tu
viens de me porter....

Serci.

Ami! rends la paix à nos cœurs. Tu viens d'entendre l'aveu de fes peines; tu as vu les traits dont
elle vient de déchirer mon cœur. Vois les plaies
profondes que ton malheur fait à tous deux...tu
es trop vengé.

NINA.

Oublie nous, oublie nous, ne refuse pas ton bonheur.

SINVAL.

Il est trop tard pour me prononcer ce mot là. Non, après avoir causé ton malheur, je n'irai point achever celui de Lali, en lui portant un cœur dévoré de chagrins. Le sort, qui a semé d'écueils ma carrière infortunée, en fixe sans doute ici le terme.... Ce n'est pas au bord de la tombe que j'apprendrai à changer.

NINA.

Cruel! ton cœur ne m'est pas étranger. Ecoute pour la dernière fois ta Ninette.. sois heureux!... (*du ton le plus tendre*), d'Olban!

SINVAL, (*tréssaillant*).

Arrête, arrête, ce nom, ce ton, ce regard, tout cela n'est plus fait pour moi... & tu veux que je t'oublie? (*Il la fixe avec ardeur, elle s'avance vers lui, il s'écrie avec la dernière vivacité*). Ma Ninette! c'est encore toi! (*il tombe à ses genoux*).

NINA, (*reculant avec effroi*).

Sinval! tu t'égares.

SINVAL, (*se relevant consterné*).

Quel froid a passé dans mon cœur? (*à voix

baſſe). Tout eſt conſommé. (*à Serci*). Ami, pardonne. Mon cœur l'a trop entendue... Je punirai ce cœur de ſa ſenſibilité, de ſes ſouvenirs. Vivez, vivez heureux; pour moi tout eſt dit... Nina! je ne ſuis plus à toi. (*Il ôte de ſon doigt une bague*). Tiens, reprends ce gage de ta tendreſſe, ce gage de ma foi... Quand tu me le donnas, Nina, je t'ai dit, je t'ai juré, que je ne le quitterais qu'à la mort.. prends.

NINA.

Tu m'effrayes, cruel! le crime eſt de moi; punis moi, oublie la coupable Nina...

SINVAL.

Oui, oui, je l'oublierai... Serci!... Nina!... laiſſez moi.. mon état eſt terrible.

SERCI.

Ami!

NINA.

Quels noirs preſſentimens!.. d'Olban!

SINVAL.

Si j'ai encore quelques droits ſur vous, Nina.. (*Il la prend par la main & la donne à Serci*), c'eſt à lui que je les donne. Aime-moi en lui... & qu'il te reçoive de moi.... Mes amis, laiſſez moi! je viens de ſoutenir une ſcène bien terrible... laiſſez moi me remettre.   SERCI.

Serci.

Obfervons le. (*Il fort avec Nina*).

Sinval.

Mon cœur vient de recevoir mon arrêt... Il a tonné là comme la foudre, l'arrêt terrible, (*Il met la main fur le cœur*) ; je ne reverrai plus ces lieux, ni ceux qui m'ont été chers ! Nina ! Nina ! comme ton afpect l'a ranimée, l'image brûlante que je conferve dans mon fein ! des délices paffagères ; de longs tourmens, le fouvenir de trois ans d'orages, tout s'eft élevé à la fois dans mon âme. Ce fentiment eft terrible. C'eft le dernier effort de ce cœur flétri, qui va s'éteindre fans retour. Je veux dompter ce cœur rebelle, mais il fe révolte ; j'y retrouve l'empreinte ineffaçable & facrée de mon amour. Tout difparaît devant ton image, Nina ! & ne laiffe qu'un gouffre... L'arrêt terrible a tonné dans mon cœur... Comme tout eft fombre & défert devant moi ! tout eft abîme. ... Je n'ai plus qu'un pas à faire ... adieu, adieu Nina ! mon cœur bat encore pour toi à coups pénibles & tumultueux .. mais il s'approche, celui qui fera le dernier. .. L'arrêt eft lancé .. il a tonné là comme la foudre. (*Il fort*).

BIRK, NINA & SERCI, (*dans la salle*).

BIRK.

Eh bien! ch bien! qu'eft-ce que ça, morbleu! qu'eft-ce que ça? des pleurs, des cris.... Je ne veux pas cela, je fuis maître chez moi, je ne le veux pas, ou bien.. (*il fe radoucit*), ma nièce! pour l'amour du bon Dieu, aye pitié de moi, vois mes cheveux blancs; (*en fureur*), mais non, morbleu, non, ces deux maudites femmes veulent me faire mourir, me tuer, & puis là, là, relà, là, on danfera fur ma foffe.

NINA.

Mon oncle!..

BIRK.

Qu'eft-ce que ça me fait à moi, que le diable vous ait toutes amourachées de ce damné de Sinval... Mais toi, grand mari! parles, que fais-tu ici? Tu devrais déja avoir tiré deux balles à ce maudit corfaire; car Dieu fait ce qui arrivera de tout cela.

NINA.

Mon oncle!..

BIRK.

Pourquoi diable es tu fon mari?.. Au refte je fuis bien bon de m'inquiéter de tout cela.. arran-

gez-vous. Il ne veut pas de ma Lali, je m'en mo-
que; elle en mourra de chagrin, qu'eſt-ce que cela
me fait? Ta femme ſèche ſur pied, cela m'eſt égal.
Je m'en vais au diable, m'engager ſur la première
galère, & puis ramer, ramer, juſqu'à ce que l'âme
me ſette hors du corps.

S E R C I.

Nina, Nina, cette douleur n'était pardonnable
qu'au premier moment; elle m'offenſe. Eh cruelle!
n'as-tu envers ton époux aucuns devoirs à rem-
plir? . . Vois mon cœur; tu le déchires; quand je
te plains, quand je cherche à te faire oublier tes
maux, pourquoi me repouſſer de ton ſein? . . Eh!
je ſuis ton ami, épanche les dans le mien, mais
oublie les pour ton mari.

Nina, (ſe jettant en pleurant dans ſes bras).
Encore un bon cœur, que je rends malheureux!..
pardonne, pardonne, ou plonge moi un poignard
dans le cœur.

Birk, (qui s'était contenu, pleure tout haut).
Morbleu! (il ſanglotte), chien!..mille diables
d'enfer!.. il faut auſſi que je pleure; que je pleure
comme ces miſérables là; & cela ne m'eſt pas ar-
rivé pendant quarante ans que j'ai couru la mer. . .
Fi donc! ne pleurez pas ainſi, maudits corſaires!...

ou que!.. ah! fi je tenais à préfent ce fcélérat de Sinval! (*il veut fe retenir*), Ah ça , finiffez donc, finiffez pour l'amour de Dieu & de tous les faints du paradis. .(*il débonde*), ah miférables! (*il prend fa canne*), je vous apprendrai à me faire pleurer ainfi! (*il pleure à chaudes larmes*), eft-ce là le ref-pect qu'on a pour un oncle? fcélérats! me faire pleurer bon gré malgré , un oncle de foixante ans!. (*il court à Nina*), Nina! laiffe là ton mari qui ne fait pas te garder ; viens, embraffe-moi; confole moi ; le diable fait ce que nous allons tous deve-nir!.. allons chercher ma Laii, la faire vîte catho-lique pour fauver du moins fon âme , & puis nous jetter tous dans le Rhin la tête la première.

LALI & SOLFA, (*au jardin*).

LALI, (*une lettre à la main*).

Il vous a donné cette lettre . . il est parti . . il est parti ! . . je veux le suivre ; courir les montagnes & les bois le chercher, le trouver, ou me précipiter du haut des rochers... Il est parti ! (*lui présentant la lettre*), lisez, lisez, que je me désespère ; je ne puis plus lire, j'ai tant pleuré que je n'y vois plus.

SOLFA.

Pourquoi nourrir votre douleur ! mademoiselle, .. jettez jettez ce malheureux billet qui trouble l'accord de vos sens. Pourquoi l'avez vous ouvert ? Ce n'était pas à vous qu'il était adressé !

LALI.

Lisez, vous dis-je, lisez, (*elle s'appuye contre un arbre, le visage caché dans ses mains*).

SOLFA, (*lit*).

» Las du monde, où je n'ai éprouvé, où je n'ai
» causé que des malheurs, j'ai pris une résolution
» que les circonstances & ma douleur me rendaient
» nécessaire. Je vous fuis.. je ne vous verrai plus..
» plus jamais...

LALI, (*lui arrachant la lettre*).

Arrête malheureux.. » jamais !.. pourquoi as-tu prononcé ce mot là ? (*morne*), „ jamais! (*elle lui rend la lettre*), lis, lis. . .

SOLFA.

Mademoiſelle ! . .

LALI, (*ſuppliant*).

Lis, lis, c'eſt mon dernier plaiſir.

SOLFA, (*lit*).

„ Soyez tranquiles! ſoyez heureux! adieu, tout „ ce qui me fut cher! adieu, chers amis, généreux „ protecteur! . . adieu Nina! Lali! . .

LALI, (*lui arrachant la lettre*).

Ceſſe! ceſſe! lettre cruelle! lettre qui m'as porté le déſeſpoir dans le ſein! . . pourquoi la lire! (*elle la déchire en deux*), que fais-je! (*elle ramaſſe les morceaux & les baiſe*), ah! ces traits, ces traits funeſtes ſont de la main de Sinval . . ils ne quitteront plus mon cœur, (*elle les met dans ſon corſet*). Sinval! il eſt parti! où le trouver? Il eſt parti! (*elle tombe ſur un banc toute en larmes*), ma vie va ſe conſumer, s'éteindre dans les regrets . . le feu eſt là, (*montrant ſon cœur*), là, il me dévore . . il me conduira au tombeau. (*Elle ſe jette aux pieds de Solfa*). Par pitié, cherchez-le, trouvez-le, ou aidez-moi à mourir. (*Solfa la relève. Birk & Nina entrent*).

BIRK.

La voilà donc, la maudite fille, possédée de plus
de diables d'amour qu'il n'y en aurait dans trois
enfers. Où veut-elle courir? Oui, oui, le chercher, quand peut-être Satan l'a emporté... Morbleu! je le désirerais. Ma fille! ma Lali! tu veux
donc me tuer! la malheureuse! elle n'a point d'en-
trailles.

LALI, (*saisissant dans son égarement Nina par l'épaule*).

Dis-moi, femme, dis-moi, quel a été ton secret
pour t'en faire aimer? Il t'adorait, (*en larmes*), &
moi, malheureuse!

BIRK, (*courant à Lali*).

Eh bien Lali! tu le veux donc que je meure...
Morbleu, achève-moi. Viens, essuye encore tes
larmes avec mes cheveux gris.. (*il lui montre un
couteau*), & puis tourne moi ce couteau dans le
cœur, que je m'en aille à tous les diables.

NINA.

Lali! on s'informe.. Serci est parti à l'instant;
on le cherche...

LALI.

On le cherche!.. ont-ils mon cœur pour le chercher? (*Elle pleure*), pleure donc, Nina, pleure

comme moi. Tu t'efforces à me donner de l'espérance, & tu as la mort dans le cœur. (*Elle court
à Solfa*), vous aussi, courez, trouvez-le, trouvez-le...

BIRK.

Et l'ingrat morbleu, reviendrait-il ?

LALI, (*égarée*).

Ah ! dites-moi qu'il viendra. (*A Solfa*), vas, vas,
trouve-le, dis lui : qui vous a donné un asyle ? Ce
sont eux ; qui vous a aimé ? Ce sont eux, ingrat, &
vous les désespérez. (*Elle montre Nina en pleurs*),
celle là aussi est malheureuse, celle qu'il aimait.
(*Elle court à Nina*), pourquoi l'as-tu aimé, Nina ?.. Je te haïrais, si tu n'étais pas aussi malheureuse que moi.

BIRK.

Ami, Solfa ! vas, cours, dis lui : un homme
d'honneur ne met pas la mort dans le cœur de ceux
qui l'ont aimé ; dis lui : .. ne lui dis rien, le corsaire ! tire lui une balle dans la tête, & puis morbleu ! viens nous montrer tes habits teints de son
sang, pour que nous mourions de désespoir. Ami !
le pauvre capitaine a couru quarante ans la mer ; il
a combattu des turcs & des chrétiens ; ses ennemis
en vie.. & ce sont ceux qu'il aime, qui lui creusent
la fosse.

SOLFA, (*à Lali*).

Modérez votre douleur, mademoiselle, je vais m'informer, le chercher... Ayez recours à cette religion consolante que vous êtes prête à embrasser.

LALI.

Laissez-moi; qu'on ne me parle plus de rien que de Sinval, Dieu me l'a ôté! que veut-il que je fasse pour lui? Il n'a rien fait pour moi.

SOLFA.

Eh quelles graces attendre de ce Dieu que vous offensez? Lali, il vous a entendu. (*Lali fait un mouvement de terreur*).

NINA, (*en larmes*).

Lali, lève tes yeux au ciel; il n'est plus rien pour nous sur la terre.

LALI.

Oui, oui, je vais me jetter dans le sein de ce Dieu, lui demander pourquoi il a mis dans mon cœur cette passion que rien ne peut appaiser; je vais lui crier: Dieu! donne moi Sinval, Sinval ou la mort.

Cabane dans les bois de sapin du banc de la roche.

Il fait nuit. Au milieu de la cabane un grand feu dont la fumée sort par le toit. Une VIEILLE & une JEUNE FEMME assises devant le feu.

LA FILLE.

Ils ne reviennent pas.

LA MÈRE.

Pourquoi es-tu si inquiète justement aujour-d'hui? Tu sais bien qu'ils ne reviennent jamais plutôt.

LA FILLE.

Mais ces deux archers qui rodaient ce matin... Le cœur me bat toute la journée, quand je vois des archers.

LA MÈRE.

Ils sont trois, & bien armés.

LA FILLE.

Mais Fritz est sorti le premier.. il va toujours seul; je ne suis pas tranquile; il est trop hardi.

LA MÈRE.

Tu crains plus pour lui que pour ton père & ton frère.

LA FILLE.

Oh! je lui dirai.. je lui dirai que je ne veux plus qu'il se hasarde comme ça sur les grandes routes.

LA MÈRE.

Écoute.. on ouvre la porte.. (*le père & le fils armés traverfent la cabane*).

LE PÈRE.

Retirez-vous, femmes, retirez-vous.

LE FILS.

Fritz le fuit de près.. je crois qu'il entre.

LE PÈRE.

Il eft armé, il eft vêtu de verd, c'eft peut-être un archer; cachons-nous; au premier mouvement qu'il fera avec fes armes, tire deffus. (*Ils fe cachent. Sinval entre, les piftolets à la ceinture ; au moment qu'il les fort, partent deux coups de fufils dont l'un le bleffe au bras gauche*).

SINVAL, (*portant tranquilement la main à fa bleffure*).

Ils m'ont manqué.. je fuis donc ici parmi des affaffins.

FRITZ, (*entrant piftolet à la main*).

On a tiré...

LE PÈRE, (*fortant avec fon fils du lieu où ils étoient cachés, & courant fur Sinval*).

Qui es-tu, toi, qui ne défends pas ta vie, & ne trembles pas?

SINVAL.

Je hais ma vie, & j'ai perdu le droit de la dé-
fendre.

FRITZ, (*reconnaissant Sinval*).

Amis! arrêtez, arrêtez .. ne lui faites point de
mal .. c'est lui ... (*il voit son bras gauche ensan-
glanté*), il est blessé! .. qu'on le soigne; miséra-
bles! il est blessé...

SINVAL.

Laisse ma plaie, & toi, qui es-tu pour me dé-
fendre?

FRITZ.

Vous ne me connaissez plus? .. vous souvient-il
de ce malheureux qui est tombé il y a deux ans
dans le Rhin, & que vous en avez tiré?

SINVAL.

C'était toi?

FRITZ.

Oh! je ne vous oublierai jamais, ni cette bonne
jeune dame qui était avec vous.

SINVAL.

O Nina! en tous lieux ton souvenir me suit. C'est
parmi des scélérats, c'est dans une cabane de vo-
leurs, que je t'entends nommer pour la dernière
fois! .. malheureux! & voilà donc l'usage que tu
fais de la vie que je t'ai sauvée? ..

LE PÈRE.

Que faire, quand on n'a rien ?

SINVAL.

Mourir.

LE PÈRE.

Et laisser vivre ceux qui nous laissent mourir de faim ?

FRITZ, (*appelle*).

Jeanne ! Jeanne ! venez soigner cet homme là. (*les femmes entrent*).

SINVAL.

Il ne me faut rien. J'avais cru trouver ici un abri à partager avec d'honnêtes gens ; je me suis trompé : je pars. (*Il remet ses pistolets, & leur donne son argent*). Tenez, malheureux ! voilà toute ma fortune ; puisse ce secours - ci vous épargner quelque crime. Adieu. Suis-je loin encore du château ruiné de Honak.

FRITZ.

A une mortelle lieue. Il faut traverser la vallée, & monter toute la côte par les forêts ; il n'y a point de chemin. (*Sinval sort*).

LA FILLE.

Son bras saigne bien fort ; pourquoi ne veut-il pas se laisser panser ? il n'ira pas bien loin.

LE PÈRE.

J'ai bien fait de manquer ce coup là. J'ai remar-
qué qu'il y en avait comme ça qui ne me réuffif-
faient pas , & il fe trouve toujours que j'aurais été
fâché s'ils avaient réuffi. . . . C'eft fans doute une
permiffion de Dieu.

LA ROSE.

I.

Au milieu des buissons du rocher solitaire
La rose s'élevait prête à s'épanouir.
Regardez, disait-elle, au moment de s'ouvrir,
Regardez, je suis étrangère;
Mais autour de moi le Zéphir
Fixera son aile légère.—

II.

Elle ouvre en rougissant
Son sein délicat & modeste;
Elle attend le souffle celeste
Qui la teindra des feux du jour naissant. ——

Chœur.

Dans quel vallon, sur quelle terre,
A l'ombre de quelle forêt,
S'arrête le Zéphir, sur son aile légère?
Elle attend la rose étrangere,
La rose qui s'ouvre à regret
Au pied du Rocher solitaire. ——

I.

Cependant au milieu des airs
Le vent tonne dans sa puissance:
Que fais-je seul, dit-il, seul dans les lieux déserts?
Des nuages unis il rompt la résistance;
Il s'irrite; il s'élance
Au milieu de leurs flancs ouverts;

Il menace les monts ; ravage les vallées ;
Renverse en un inftant les forêts défolées ;
Et roule en mugiffant dans les gouffres des mers. ---

II.

Hélas ! que fais-tu , trifte Rofe ,
Sur tes rameaux rompus ?
A peine on te voyait éclofe ,
Et les orages font venus !
Ils ont privé ton front de fa couronne altiére ;
En vain dans fon éclat reviendra la lumière ,
Tu te penches , ô Rofe , & ne la verras plus. ---

Chœur.

Sans regarder la fleur naiffante ,
Le vent impétueux dévafte les déferts.
Où donc eft le zéphir , dont l'aile carreffante
Allait la nuancer de fa teinte brillante ?
Les vents l'ont entrainé dans les gouffres des mers. ---

I.

Adieu ! dit-la Rofe flétrie ,
Je n'ai vu qu'une aurore , & vois mon dernier jour :
Avant de s'être ouvert au fouffle de la vie ,
Mon fein fe ferme fans retour. ---

Chœur.

O Rofée ! & pourquoi tomber de ton nuage
Sur ces rameaux rompus ?
La Rofe croiffait là ; mais hier paffa l'orage ,
Et la Rofe n'eft plus. ---

LES

LES DERNIÈRES AVENTURES DU JEUNE D'OLBAN.

TROISIÈME JOURNÉE.

NINA ET SERCI, (*dans la salle*).

SERCI, (*froidement*).

Non, point de nouvelles ; peut-être Solfa sera-
t-il plus heureux.

NINA.

Point de nouvelles ! . . . où va-t-il maintenant,
dans le défespoir de fon cœur ? où va-t-il finir une
vie que j'ai empoifonnée ? Je l'ai perdu. Tu l'as
connu, Serci, il y a deux ans . . . quand il m'aimait, (*avec un profond foupir*) quand je l'aimais !
Tu l'as connu, ce bon jeune-homme, franc,

F

ouvert, ami zélé, ardent amant... & maintenant... je l'ai perdu.

SERCI.

C'eſt lui, lui qui t'a perdue, qui me perd. C'eſt
lui qui fait couler nos larmes, & relâche nos liens.
Nina! tes regrets font amers; tu ne vois plus que
lui, & mon cœur en murmure.

NINA.

Serci, tu me plaignais ... maintenant tu me
condamnes. Mes chagrins, & tes reproches ...
ah! c'eſt trop pour mon cœur ... S'il était infenfible, de quel prix pourrait-il être jamais pour toi?

SERCI.

Vous abufez de la confiance du mien, Nina. Je
vous ai plainte, je vous ai confolée; mais plus
j'oublie mes droits, & moins vous vous en fou-
venez.

NINA.

Et quels font-ils, vos droits, cruel? font-ils
dans la poſſeſſion de cette main qu'on vous a livrée? font-ils dans mon cœur? Hélas! vous avez
connu mon amour; vous n'avez pas ignoré que je
ne pouvais pas vous le donner, ce cœur que je
n'avais plus. En vous j'aimais l'ami, vous voulez
ceſſer de l'être? Renfermerai-je dans le fond de

mon cœur ces peines profondes ? . . . Serci ! je n'ai jamais su feindre. Ah ! ne m'abandonnes pas seule, seule à ma désolation ! un jour je l'oublierai, & ne me souviendrai que de celui qui a allégé mes peines . . . un jour je ne respirerai que pour toi . . . (*elle tend les bras à Serci*).

SERCI, (*immobile*).

Partager tes peines, serait les nourrir. Est-ce du fort, est-ce de toi que j'ai à me plaindre ? tu dois le sentir mieux que moi, & savoir qui accuser, si mon cœur est fermé.

BIRK,
(*entre d'un air égaré, en deuil; il a le ton sombre*).

Dieu merci ! je n'ai plus qu'à porter le deuil de toute ma famille ; je n'ai plus de fille ni de nièce; ce corsaire de Sinval m'a tout emporté... (*appercevant Nina & Serci*) qui êtes vous, vous autres?

NINA.

O mon oncle !

BIRK.

Moi, ton oncle ? . . . oui morbleu, ton oncle . . . Vas-t'en avec Lali . . . courrez toutes deux après votre Sinval . . . appellez le votre oncle, votre père, votre mari . . . moi, je ne suis plus rien je suis le pauvre vieux Birk, qui a couru quarante ans la mer pour combattre ſes ennemis , & ſe faire des amis , & qui eſt revenu en cheveux gris dans ce maudit village , où il n'aura perſonne pour lui fermer les yeux.

NINA.

Mon oncle !

BIRK.

La pauvre Lali ! … le bon Dieu ſait quel ſort ce malheureux Sioval lui a jetté … Oui , mor-bleu , un ſort , car ce n'eſt pas naturel … Allez la voir, c'eſt pis que jamais; elle eſt-là qu'elle ne dit plus rien, qu'elle pleure, qu'elle ſe jette à genoux… elle ſe déſeſpère … elle mourra au premier quart d'heure , ſans confeſſion , & puis le diable em-portera ſa pauvre âme. — Je n'ai donc plus qu'à attendre que mon ami Solfa revienne; car perſonne ne ſonge plus à moi, & j'irai avec lui au cimetière, creuſer ma foſſe à la ſueur de mon front, & me cou-cher dedans … Par pitié , mes amis , venez-y dire quelque-fois un *de profundis*. (*Il pleure*).

SERCI.

Ceſſez de vous déſolér ainſi ; le mal n'eſt pas ſans remède ; Lali reviendra à elle.

BIRK.

Oui , morbleu , elle reviendra à elle… oui ,

mille diables! quand je la vois qu'elle féche, qu'elle s'en va comme une réprouvée, & Dieu fait combien ça durera . . . Mais que m'importe à moi? . . . J'ai beau me dire cela . . . vous favez bien, fcélérats, que je ne puis vous oublier, & qu'il faudra que je vous fuive dans la folie.

Sinval, (*dans une sombre forêt de sapin, sans chapeau, les cheveux sur le visage, l'habit en désordre, deux pistolets à la ceinture*).

Comme tout est solitaire autour de moi ! . . . Je n'entends que les hurlemens lointains des loups, qui bientôt vont dévorer mon cadavre. — Dans un desert semblable, j'ai couvert de terre celui de mon ami ; longtems je me suis assis & j'ai pleuré sur sa fosse , jusqu'à ce que le tertre applani se soit uni au reste du terrein, & que l'herbe m'ait dérobé l'asyle de ses ossemens. J'y ai pleuré longtems, mais personne ne pleurera sur les miens . . . Nina ! . . . Lali ! . . . vous ignorez où est le malheureux Sinval . . vous ne le saurez jamais. (*pause*). Mon corps s'affaiblit ; mes yeux s'éteignent dans les larmes ; tout s'obscurcit dans mon cœur. Dieu ! . . . il faut donc mourir ! . . . Tout me répète : il faut mourir ! . . . Mais à l'approche de cet abyme épouvantable, quel cœur ne tressaille pas ? quel infortuné ne voudrait pas encore faire un détour ? (*il s'assied au pied d'un arbre*). Depuis longtems je n'ai pas vu le ciel . . . ces arbres obscurs me le dérobent ! . . . mes pieds font déchirés, & ma blessure m'épuise . . . Je n'aurai plus la force de monter encore sur cette colline. — Faut-il que je meure ici sans l'avoir vue.., — Je m'y traînerai... je regarderai encore ce beau ciel & la douce lumière du jour ... & puis tout sera dit ... (*il cache sa tête dans ses mains & gémit sourdement*).

LALI ET LE MISSIONNAIRE (*dans la cellule*).

LALI (*avec effroi*).

Tu m'aimes, monſtre ! — O ciel ! vous l'avez entendu.

LE MISSIONNAIRE , (*au déſespoir*).

Malheureux! qu'ai je fait ?

LALI.

Et tu ne crains pas le tonnerre ? . . .

LE MISSIONNAIRE.

Arrêtez Lali , pardonnez ! mon crime eſt affreux . . . mais ayez pitié de moi . . . n'augmentez pas mes remords . . .

LALI.

Qu'ils ſoient éternels. — C'eſt donc-là que tu voulais me conduire ? Fuis , monſtre , avec cette religion qui a prêté un voile à tes noirs deſſeins . . . laiſſe une malheureuſe que l'enfer réclame : elle y tombera ſans toi !

LE MISSIONNAIRE.

O Lali! tu es vengée !

LALI.

Où m'entrainais-tu , ſéducteur impie ,en m'é-

garant dans tes fophifmes ? à l'inftant où tu pro-
nonçais le mot terrible, n'as-tu pas entendu au fond
de l'abyme les démons applaudir.

LE MISSIONNAIRE.

C'eft dans mon cœur qu'ils ont rugi : pardonne,
o Dieu ! fi je fuis tombé aux pieds de l'idole, c'eft
toi qui lui donnas fes charmes.

LALI.

Regarde ces traits , qui ont allumé dans ton
cœur un feu criminel . . . regarde, malheureux. —
Vois fous cette forme paffagère le fquelette hideux
de la mort. — Vois ces yeux tels qu'ils feront, ob-
fcurs & caves, dans les cachots de l'enfer où tu me
précipites — & frémis devant ce que tu aimes.

LE MISSIONNAIRE.

O Lali! Dieu n'eft pas un tiran implacable; je
vais me profterner devant fa face , lui demander
votre falut & mon pardon , gémir dans la pouffière
jufqu'à ce qu'il m'appelle à lui (*à genoux*). O Lali,
crions grace, grace! vers fon trône formidable.

LALI, (*égarée*).

Il eft trop tard pour moi, créature infortunée.
La mefure eft au combie. — Grand Dieu ! ma

bouche t'a blasphémé, mon cœur ta rejetté dans le
délire de ses passions. --- Demande, grand Dieu!
à celui que j'ai seul adoré, demande lui ce qu'il a
fait de mon cœur, de mon âme, de tout mon être;
il a tout, le cruel! tu n'as plus rien --- & que fait
là-haut ta foudre?

SINVAL, (*au château ruiné de Honak, à la pointe d'un rocher. Il est appuyé sur un pan de mur, l'habit en lambeaux, sans chapeau, les cheveux sur la face, la voix altérée, mais l'air tranquile d'un homme résolu qui, plein de son projet, chante au ciel son dernier hymne.*)

Mon heure est arrivée, l'heure où je verrai pour la dernière fois le ciel & la terre, où je penserai pour la dernière fois à Nina. La nature va m'échapper, & mes yeux ne verront pas se coucher, ce soleil qui s'est levé si brillant sur mon dernier jour. --- Amour ! voici donc le dernier sacrifice que je te ferai. --- Je regarde encore cet horizon lointain, ces collines qui me cachent la demeure de Nina, ces nuages qui plànent sur elle ; --- là-bas la ville obscure, théâtre de nos amours, Dieu ! & je pleure en songeant que bientôt je ne verrai plus tout cela. --- Le brouillard du matin me dérobe les montagnes lointaines, où reposent les cendres de mon ami. --- Je n'irai donc plus sur sa fosse ---! Ensemble, nous avons vu couler notre jeunesse… ensemble, nous avons passé sur la face de la terre ;

& maintenant. ... le songe est fini ! --- Dans un
instant donc je vais tomber sur cette terre, froid,
insensible comme elle ... Déja plane là-haut l'oiseau de proie qui dévorera mon cœur ! ... O ruines ! siége de la sourde destruction, recevez mon
âme gémissante. Ici sans doute une foule de mortels a respiré : ils ne sont plus, je vais les suivre.
O Nina ! dans ce dernier moment, comme ton
image s'élève dans mon cœur, touchante, inal-
térable, telle qu'elle s'y grava dans nos beaux
jours. --- Devant mon âme passe avec tout son en-
chantement le souvenir de nos plaisirs ... C'est la
dernière fois. --- O Dieu ! qui guides mon bras, reçois moi dans ton sein, après vingt-deux ans
d'exil ! --- Ils ne sont plus, les liens qui m'attachaient au monde ; en les déchirant tu m'as averti
de l'abandonner ... Je te remercie de m'en avoir
donné la force. --- Reçois avec miséricorde le malheureux qui se refugie dans tes bras paternels ...
(*il tombe à genoux les mains étendues*) Du haut
de ce rocher je vous dis adieu, ô belle-terre que
j'ai habitée ! ... d'ici mon âme va s'élever aux
cieux, comme une vapeur légère. Adieu ! adieu !
mortels chéris qui avez partagé mes infortunes ...

adieu Nina ! (*à ce nom, il hésite*). O souvenirs !
(*vivement*) Mânes de mon ami ! du sein de la
tombe appellez moi, tendez moi les bras .. adieu
tout ... (*le coup part*).

NINA, LALI, & LE MISSIONNAIRE,
(dans la salle).

Le Missionnaire, *(assis à une table éclairée d'une lumière, une Bible ouverte devant lui, lit dans la révélation de St. Jean).*

» *La quatrième trompette se fit entendre : & je vis*
» *un cheval pâle ; celui qui le montait s'appellait,*
» *la Mort. L'enfer le suivait. Le fer, la faim,*
» *les maladies, & les bêtes féroces combattaient*
» *devant lui sur la face du monde . . . &c. . . .*
» *Alors j'entendis la voix de l'aigle qui traver-*
» *sait les cieux. Il criait : malheur & désola-*
» *tion ! malheur à ceux qui sont encore sur la*
» *terre ! . .*

LALI, *(avec effroi).*

Arrêtez, arrêtez, ceci est terrible ! *(long silence, tous dans la consternation. Elle court vers Nina),* Nina ! comme ton regard est sombre ! Dieu ! tout est effrayant autour de moi.. sens-tu cette inquié- tude, cette terreur profonde ?.. L'air pèse sur moi.. parle, parle.. dans ce silence, dans cette nuit, comme la voix du cœur est terrible !.. le juge, le grand juge s'élève contre moi ; il crie : mort sur le coupable !..

N i n a.

Cesse, ma Lali, cesse; tu m'effrayes, tu me gla-
ces.. ne parle pas ainsi. Lali! est-ce à l'innocente
victime à frémir? Lis, lis dans mon cœur; vois-y
des plaies profondes, que deux ans de regrets ont
envenimées... O Lali! ce n'est pas devant Dieu
que je frémis..ah! quand tout m'abandonne, quel
serait donc mon refuge?

Le Missionnaire.

Non, Lali, ce n'est pas sur le pécheur répentant
que l'aigle du ciel a crié mort & désolation!.. ce
n'est pas lui dont le front est marqué du sceau de
la réprobation...

L a l i.

Quel est-il donc ce pressentiment terrible?..
Oh non! non, vous ne sentez pas comme moi...
Dieu! pardonne, je ne suis pas coupable... Nina!
cache-moi dans ton sein; je suis réprouvée, rejet-
tée de la face de Dieu... Je gémis le reste de ma
vie, pour aller ensuite la maudire dans un enfer
sans fin.. sans fin!..

N i n a.

O calme toi; tu souffres trop, nous souffrons
trop dans ce monde, pour ne pas en être dédom-

magées dans l'autre.. c'eſt dans ce Dieu que j'ai
mon eſpérance. Quand je vois le fort me priver de
ce que j'ai de plus cher, me livrer à ce que je
n'aime pas.. je m'écrie du fond de mon cœur;
grand Dieu! tu vois ma miſére, & tu la finiras.
O Lali! j'implore la mort; le reſte de ma vie ne
ſera plus que des larmes.. je n'ai plus d'amant. Un
époux, un ami me reſtait; il s'éloigne de moi, il
voit avec indignation mon cœur rempli d'un autre,
il détourne les yeux, & me laiſſe ſeule, ſeule au
déſeſpoir!

LE MISSIONNAIRE.

Souffrons, ſouffrons avec conſtance dans cette
vallée de miſére; ici bas tout eſt paſſager, juſqu'aux
peines .. du ſein d'un rève pénible nous nous
éveillerons à la vie éternelle.. eſpérons!.. le Dieu
des miſéricordes nous tiendra compte de nos ſouf-
frances.

LALI, (*qui regarde ſans ceſſe autour d'elle avec inquiétude*).

Ah! tout eſt dit pour moi! tout eſt dit.. l'arrêt
terrible eſt prononcé; mon cœur me l'annonce.
Tout eſt fait, la ſuite eſt inutile.. l'enfer, l'enfer!
(*elle court au crucifix & le prend dans ſon ſein*),
O ſauve

ô fauve moi, mon Dieu! que le démon rugiffant ne m'approche pas. . . O Dieu! détourne de moi le regard de ta juftice . . ne fonde pas ce cœur . . elle eft là, entière, elle eft là comme un gouffre, cette image adorée, qui ne fuit pas même devant ta face . . ô fauve moi, fauve moi! l'enfer m'entoure. (*Birk & Serci entrent*).

BIRK, (*morne & confterné*).

Femmes! c'eft pour vous que je viens vous parler, car pour moi tout eft dit ; Dieu merci, je ferai bientôt enterré. . . Femmes! (*il tire de fa poche deux piftolets qu'il pofe fur la table*), tuez-vous, ou confolez-vous . Sinval eft mort. (*Nina tombe en défaillance ; Lali s'élance fur les piftolets*).

SERCI, (*l'arrête & s'empare des piftolets . .
& dit à Birk*).

A quoi penfez vous? (*il court à Nina*).

LE MISSIONNAIRE, (*confterné*).

Il eft mort!

LALI.

Il eft mort! (*elle court embraffer le crucifix*).

BIRK.

Un homme s'eft tué, c'eft lui, Solfa a vu le ca-
G

davre.. Serci es-tu mon ami ? (*il pleure*), tire moi une balle dans la tête, pour que je meure comme lui, fans faire le même crime.

NINA, (*revenant à elle*).

Il eſt mort! il eſt mort, ce d’Olban! il n’eſt plus fur la terre!.. (*elle court dans les bras de Lali*).

LALI.

Ma Nina, il eſt mort, il s’eſt tué. (*Nina treſ-faillant*). L’aigle a paſſé dans les cieux, il a crié: malheur à ceux qui font encore fur la terre!.. Pas-à-pas donc le grand juge s’approche de nous! déja Sinval n’eſt plus; nous allons tomber après lui, nous n’avons plus qu’un moment: (*elle tombe proſternée*), prions, prions pour nos âmes.

NINA, (*court à Serci qui la repouſſe*).

Pour moi auſſi tout eſt donc fini! adieu! reçois fon âme.. dis lui qu’elle m’attende!..

LE MISSIONNAIRE.

O Dieu de miſéricorde! l’as-tu repouſſée, cette âme fanglante, quand l’ange de la mort te l’a préfentée?.. Ecoute nos prières, grand Dieu! ne la précipite pas dans le gouffre de la défolation!..

BIRK, (*ouvrant sa veste, & comptant avec*
la main).

Voilà une bleſſure . . . en voilà une autre . . . en
voilà encore une . . deux, trois . . voilà des plaies
profondes, elles ſont guéries . . . mais là dans le
cœur eſt celle dont le pauvre Birk ne guérira pas . .
& c'eſt vous, malheureux, vous, mes amis, qui
me l'avez faite ! . .

Fin de la troiſième Journée.

LE CHÉNE.

I.

LAS de combattre les orages
Et la fougue des aquillons,
Le chéne a penché ses feuillages
Vers le noir torrent des vallons. . .

II.

Il semble sur sa téte
Appeller la tempête
Et les vens en fureur :
Au jour de la douleur,
Il sourit seul à sa détresse,
Et sous les derniers coups de l'ouragan vainqueur,
Tombe avec un cri d'allégresse. . .

Chœur.

Il n'est donc plus, l'arbre majestueux ;
L'oiseau du ciel n'a plus d'asyle ;
Et les vents dans leur vol fougueux,
Ne trouvent plus un obstacle indocile. . .

I.

Le torrent impétueux
Du débris de ses branchages
Sème de lointains rivages,

Tout eft dit: il n'eft plus, l'arbre majeftueux,
Qui défiait les orages...

Chœur.

Tout paffe, tout s'écoule: ainfi l'onde qui fuit
Vers l'Océan fe hâte de defcendre.
Le fiècle au fiècle qui le fuit
Ne tranfmet que fa cendre...

I.

Du fein de l'éternelle nuit,
S'eft élevé le fpectre qui détruit.
Semblable à la vapeur qui recèle la foudre,
L'univers l'a fenti s'appefantir fur lui;
Et les hommes étaient en poudre...

Chœur.

Tout paffe, tout s'écoule: ainfi, &c...

I.

Mais ainfi que l'oifeau, qui fur les vents émus
Franchit les mers, & gagne le rivage,
Le fouvenir s'élance d'âge en âge,
Et rappelle au préfent des jours qui ne font plus...

I I.

Sur le fépulchre funéraire
En gémiffant il s'eft affis.
A l'amante il a dit: pleure des feux chéris!

Au tendre fils : pleure ton père !..
A l'univers entier : gémis !..

Chœur.

Fuyez, fuyez, sombres journées !
Ils ne sont plus, tous ceux que nous avons chéris ;
Fuyez, fuyez, sombres années !
Appellez-nous vers nos amis.
Les siècles passeront sur notre sépulture,
Et rediront à la race future :
Ils dorment là , ceux qui vivaient unis.

1775.

Quatre-vingt ans après cette Aventure. Le même château où d'Olban s'est tué, mais plus ruiné. Une petite croix de pierre à l'endroit où il est tombé quatre-vingt ans auparavant. Belle soirée d'automne, au soleil couchant. Deux Pélerins.

PREMIER PÉLERIN, (*montrant la croix*).

Ici repose depuis quatre-vingt ans l'infortuné d'Olban. Déja cette croix penche ; bientôt on ne saura plus où sont déposés ses os... Ami, vois là-bas ce monastère. Là a fini la malheureuse Lali, dévorée de craintes, de regrets & d'amour. Souvent de sa cellule elle regardait sur la cime de ce rocher, cette croix s'élever sur la fosse de son amant, & ces tours obscures qui l'ombragent. Ils sont tous effacés de dessus la terre, les infortunés !.. Après de longs orages, ils dorment paisibles, & nous invitent à les suivre. (*Les deux Pélerins se mettent à genoux, & prient*).

PREMIER PÉLERIN.

A toi ! qui permets à l'univers de sourire quelques momens sous ta main protectrice !

SECOND PÉLERIN.

Toi ! qui seul immuable, t'assieds sur l'abyme des tems.

PREMIER PÉLERIN.

Grand Dieu! écoute la voix du faible mortel qui t'implore fur la tombe des infortunés!

SECOND PÉLERIN.

Jette un regard fur celui, qui du fein de la pouf-fière, lève fes yeux vers le ciel éternel .. & bientôt ne le verra plus!

PREMIER & SECOND PÉLERINS, (*enfemble*).

Et bientôt ne le verra plus! (*paufe*).

PREMIER PÉLERIN.

Nous paffons fur la terre comme un fonge léger. Le jour viendra, où les générations épuifées, dormiront à côté de nous; le jour, où la terre dévaftée, n'attendra plus que fa deftruction. . . O Dieu! jette fur nous un regard propice!

PREMIER & SECOND PÉLERINS, (*enfemble*).

O Dieu! jette fur nous un regard propice!

SECOND PÉLERIN.

Grace! Grace! grand Dieu, au jour, où fortant avec la foudre de ton fanctuaire, tu diras aux morts accumulés: paraiffez devant ma face!

PREMIER & SECOND PÉLERINS, (*enfemble*).

Grace! Grace!

Fin des Amours Alfaciennes.